O NINHO

BETHÂNIA PIRES AMARO

O NINHO

2ª edição

Editora Record
RIO DE JANEIRO • SÃO PAULO
2024

CIP-BRASIL. CATALOGAÇÃO NA PUBLICAÇÃO
SINDICATO NACIONAL DOS EDITORES DE LIVROS, RJ

A522n
2. ed.

Amaro, Bethânia Pires
O ninho / Bethânia Pires Amaro. - 2. ed. - Rio de Janeiro :
Record, 2024.

ISBN 978-65-5587-790-8

1. Contos brasileiros. I. Título.

23-84273

CDD: 869.3
CDU: 82-34(81)

Meri Gleice Rodrigues de Souza - Bibliotecária - CRB-7/6439

Copyright © Bethânia Pires Amaro, 2023

Todos os direitos reservados. Proibida a reprodução, armazenamento ou transmissão de partes deste livro, através de quaisquer meios, sem prévia autorização por escrito.

Texto revisado segundo o Acordo Ortográfico da Língua Portuguesa de 1990.

Direitos exclusivos desta edição reservados pela
EDITORA RECORD LTDA.
Rua Argentina, 171 – Rio de Janeiro, RJ – 20921-380 – Tel.: (21) 2585-2000.

Impresso no Brasil

ISBN 978-65-5587-790-8

Seja um leitor preferencial Record.
Cadastre-se no site www.record.com.br e receba informações sobre nossos lançamentos e nossas promoções.

Atendimento e venda direta ao leitor:
sac@record.com.br

Todas as famílias felizes se parecem, cada família infeliz é infeliz à sua maneira.

Liev Tolstói

SUMÁRIO

Leite de cacto	11
Colagem	21
Nero	27
Rinha	45
Espiral	55
A espera	69
Iktsuarpok	73
Banquete	87
O fruto da árvore	101
Cuco	117
Cabo de guerra	129
Ovelha negra	133
A causa	145
Em nome do pai	165
Areia	183
Agradecimentos	189

quando eu tinha a tua idade no meu tempo era diferente enquanto você viver debaixo do meu teto você não sabe o que é cansaço não me faça parar o carro de castigo agora mesmo pois saiba que dinheiro não dá em árvore tenha juízo coloca um casaco quando você for mais velho você vai entender não coloca a mão na boca não esquece de escovar os dentes você já está muito crescidinho pra isso já comeu alguma coisa isso é hora de estar acordado dê um beijo na titia dê um abraço no seu irmão diz tchau para o amiguinho já passou da hora você precisa comer direito parece comigo quando eu era jovem só não esquece a cabeça porque tá grudada no pescoço me dê a mão para atravessar a rua será sempre o meu bebê não chegue tarde em casa querer não é poder tira isso da boca menina avise quando chegar não levante a voz comigo não foi isso que te ensinei tenha modos você não para quieta qual é a palavrinha mágica não é pra correr dentro de casa não vá dormir muito tarde chega de videogame por hoje se você não estudar não vai chegar em lugar nenhum você não é os outros **eu te amo** porque sim tira o dedo do nariz tanta gente com fome e você desperdiçando comida onde você estava com quem você vai sair que horas vai chegar em casa se colocar no prato vai ter que comer deus te abençoe e te guarde meu filho minha filha aconteceu alguma coisa você passa muito tempo no celular nem vai doer é só uma picadinha o gato comeu a sua língua como foi na escola estudou para a prova senta direito na volta a gente compra o que você quer ser quando você crescer pare de bancar o palhaço você ainda vai me matar de desgosto se apanhar na rua vai apanhar em dobro quando chegar em casa espera só sua mãe chegar o que você tem na cabeça não fale com estranhos deixe de ser bicho do mato já está pronta pra casar vou contar até três o que eu acabei de dizer não me faça voltar eu não quero ouvir um pio passa pra dentro você nem experimentou é como falar com a parede esse quarto parece um chiqueiro se eu for aí você vai ver quantas vezes eu tenho que perguntar não importa quem começou já mandei parar eu disse talvez se você perguntar de novo a resposta é não vai ser assim e pronto se comporte como uma mocinha rapazinho engole esse choro agora você vai aprender a me tratar que nem gente se eu for até aí e achar você me paga olha pra mim quando eu estiver falando com você você não é todo mundo espera só a gente chegar em casa quer me matar do coração você me respeite quebra mesmo não foi você que pagou não fez mais do que a sua obrigação eu não durmo à noite por sua causa quando eu morrer você vai me dar valor estou falando para o seu bem um dia você vai me agradecer um dia você vai ter filhos e vai entender

LEITE DE CACTO

~~já está pronta pra casar vou contar até três o que eu acabei de dizer não me faça voltar~~ eu não quero ouvir um pio

A menina chora enquanto eu aperto o isqueiro com as duas mãos.

Abro e fecho a chapa metálica: uma pequena chama surge e desaparece, surge e desaparece. Quando a atravesso com os dedos, uma mornidão agradável se espalha pela minha palma e consigo ouvir o chamado do fogo, uma canção pesada, decadente. Eu tento resistir, recordar os passos que me levavam para longe, para um tempo calmo e seguro, e as palavras quase se formam na minha cabeça, mas logo as perco por trás do choro de minha filha — o choro de um filho é feito para ser insuportável para a mãe, isso eu tinha lido em alguma revista para grávidas, antes de tudo.

Se mantenho a palma imóvel sobre a chama, rapidamente a dor acorda os meus nervos e me concentra no momento presente, um corpo sobre o sofá, um corpo que *necessita*, enquanto, ao mesmo tempo, os gritos da menina me transportam para outras dores: para o quarto de hospital onde ela me torceu as entranhas por dezoito horas. Dezoito horas em que martelou com seus pezinhos os ossos das minhas costelas, em que me rasgou o ventre pouco a pouco, explodindo as veias da placenta como se tivesse pressa. Dezoito horas para finalmente deixar seu crânio mole escoar pelas minhas pernas, uma última torção de seus calcanhares garantindo que me fossem necessários sete pontos cirúrgicos para estancar o sangramento.

A ardência da queimadura que forma um ponto vermelho abaixo da linha da vida me faz puxar a mão. Fecho o isqueiro, percorrendo os rebites com as unhas, tentando me decidir a guardá-lo, a escondê-lo debaixo da roupa de cama, depois me repreendendo, preciso de um lugar melhor do que aqueles armários, preciso encontrar um canto seguro, tento pensar, mas é impossível, impossível pensar quando a menina chora. Fecho os olhos e o barulho se torna ainda pior, por isso volto a acender o isqueiro, o fogo sufocando por um segundo até que eu o deixe respirar numa combustão controlada, sumindo e reaparecendo mais grandioso a cada vez que eu o liberto.

O fogo dominando as pupilas, busco às pressas por novas memórias, memórias suaves que me embalem para longe do parto e das dores maiores — recordo então da casa de praia, quando eu e Marcelo nos isolamos por oito semanas no litoral, numa mansão de filme, minimalista e branca, emoldurada por cortinas translúcidas que davam contornos ao vento. Esforço-me para invocar a paz daqueles dias, os passos melódicos das ondas, mas o choro da menina forma um crescendo, alça voo pelos corredores até me encontrar, encolhida sobre o porcelanato deste apartamento de duzentos metros quadrados, um por andar. Fecho o isqueiro, a menina engasga e por um segundo há um silêncio milagroso, perfeito; mas ela logo recupera o fôlego e retoma o pranto avassalador, ainda mais poderoso do que antes.

    Estamos assim há doze dias. Começo a me familiarizar com as regras desta batalha, com as estratégias da minha adversária de três quilos e quatrocentos gramas — um pouco abaixo do peso, embora eu constantemente a alimente, é a única forma de mantê-la calada. Três quilos e já se mostra mais forte do que eu — quando chora, todo o seu corpo se tensiona, e a pele se avermelha, sugando o sangue das artérias. O pescoço se contrai para dentro das clavículas e o peito se expande, para acomodar os pulmões inchados, vigorosos. É da minha dor que ela se nutre, a única moeda que aceita pela indignidade a que a submeti — sim, eu sei por que ela chora. Entre nós não há segredos. Os pequenos enganos aos quais nos induzimos foram, todos, rapidamente corrigidos: eu, tendo pensado que à tragédia do parto se seguiriam os tempos doces da primeira infância, tive a carne dos seios e dos braços esfolada pelas presas da menina; ela, se abrigou ilusões quanto à natureza de sua mãe, endireitou as próprias convicções após a queda.

    Fecho o isqueiro e dessa vez o arremesso no chão — ele desliza sem esforço pelo porcelanato brilhante, aninhando-se num dos tapetes. Tenho vontade de me levantar, de pedir ajuda, de fugir para onde não houvesse isqueiros, para longe do fogo, para perto do mar. Como se me escutasse, a menina uiva sem interrupções, desde a queda sabíamos ambas que eu não iria a lugar algum, essa era a sua cartada — fazer-me refém de seu desamparo, de sua fome pelo meu leite, do nome que eu lhe emprestei, após herdá-lo de meus avós. Meu cérebro parece ter encolhido, a enxaqueca que se sedimentava desde a madrugada emerge de súbito, a menina é o competente maestro desta cefaleia, as correntes de náusea que me assolam seguem o ritmo de seus dedinhos, dançando no ar enquanto me aniquilam.

É impossível, coloco as almofadas sobre o rosto, mas, sem o silêncio, a escuridão apenas me enclausura, tapa o meu nariz e me sufoca, é exatamente o que deseja a menina, ver-me afogada em saliva como ela mesma, tremendo e babando pelos cantos da boca. Desde a queda, ela me odeia, vem me punindo todos os dias, usando a única arma que tem, sempre nesta mesma luta — ela me atacando na máxima força de seus pulmões e eu resistindo, exilada no extremo do apartamento, o mais longe possível do quartinho cor-de-rosa onde ela se entrincheira. Ela conhece as minhas fraquezas, ataca certeira e impiedosa, sabe do segredo sob a roupa de cama e tenta me empurrar de volta ao isqueiro, para dentro da lama, de onde saí uma vez quase louca, quase morta. Estou acordada há praticamente doze dias, posso ouvi-la mesmo com todas as portas fechadas, às vezes eu a ouço até durante o sono, nas poucas horas em que ela enfim cede ao cansaço e dorme, num breve cessar-fogo que me enche de pesadelos.

Embrenho-me no sofá em busca de algum alívio, mas não há jeito, os sons reverberam ainda mais pelos sólidos, e à tarde é sempre pior — a menina chega ao ápice de seu concerto quando Marcelo não está, para reduzir-se a um gemido constante e lacrimoso que se estende pela noite, o suficiente para que ele me considere inapta, mas não inteiramente incapaz, a ponto de exigir uma intervenção. Ela não quer que eu me liberte, ainda não paguei o suficiente pelo que a fiz passar quando a derrubei; quando chora, ela está deixando claro que não esqueceu.

Finalmente me levanto, sinto que a dor irá me consumir se não me mover, desintegrando-me de dentro para fora. A menina chora, ao redor tudo parece oscilar por um instante, acho que vou vomitar, o choro cresce por trás dos meus ossos, pressiona meus nervos contra a pele, nesses doze dias tentei de tudo para fazê-la parar, para conseguir o seu perdão, e nada ajudou — nem embalá-la, nem virá-la de lado para arrotar, nem trocar-lhe as fraldas; mesmo alimentá-la só funcionava pelos minutos que ela levava para me arrancar o bico do peito, recomeçando a gritar tão logo estivesse satisfeita. Decidi então ignorá-la e ver se isso surtia algum efeito — mas o choro parece ter se tornado ainda mais violento, ela se esgoela com uma força inadmissível, dantesca. Penso que talvez não quisesse nascer, que desejasse permanecer dentro de mim para sempre, aninhada entre as minhas costelas, que o parto lhe parecera uma espécie de rejeição fundamental — a minha falência enquanto mãe, da qual, desde então, ela se vingava.

Pego o isqueiro de volta e vou ao banheiro, mal me debruço sobre a pia quando a bile me invade a garganta, pingando morna pela cuba. As luzes me assaltam os olhos, a dor é excruciante, envelopada pelos uivos insistentes da menina; ao menos estou sozinha e não preciso me preocupar com o que os outros diriam, a maior vantagem deste apartamento é não ter vizinhos e, após a queda, eu dispensei os serviços de Louise. Isso também foi mais uma vitória da menina — meu tempo está agora inteiramente à sua mercê; eu dependo de sua boa vontade para me sentar e ter uma refeição, tomar um banho ou dormir, graças que ela concede apenas muito esparsamente. O que diria Louise se nos visse neste momento, eu me desfazendo sobre a cuba, a menina soluçando no quarto, coberta de ranho?

    Abro o armário e afasto as caixas até ver, no fundo, o frasco de shampoo. Sinto vontade de chorar, de dançar, enquanto desenrosco a tampa e puxo de dentro do líquido viscoso o saquinho lacrado, ainda amarrado à colher. O fogão de indução, nas gavetas da cozinha jamais entrou uma única caixa de fósforos — Marcelo sempre atento, tentando me salvar do fogo, vistoriando os lugares errados. Em meio às buchas coloridas, bem afundada na espuma, a seringa. Meus olhos ardem, não tinha certeza até aquele momento de que ainda estavam ali — desde que pari, os dias transcorriam líquidos pelos dedos, pouco notava da luz e da sombra, sempre imersa na tempestade que vinha da boca da menina, os pensamentos ralos fugindo pelos caminhos de minhas sinapses sem fazer qualquer sentido. Governava-me por instintos, tentando nos manter vivas, eu e a menina, engalfinhadas em nossa guerra fria particular.

    Não irei usá-los. Mesmo assim, apanho o saquinho, a colher e a seringa, minha santíssima trindade. Tê-los nas mãos é um socorro, não irei usar nada daquilo, quero apenas segurá-los, tê-los entre os dedos por um instante. Sim. Escorrego pelos ladrilhos e apoio a testa nos joelhos, o isqueiro compondo o quarteto como numa obra magistral e fantasmagórica. A menina continua chorando, meu Deus, é um barulho que nunca termina. Ela estava chorando assim no dia em que a deixei cair, dentro da minha cabeça explodem alfinetes em todas as direções, a menina chora, chora, chora, leva-me de volta ao quarto de bebê naquela tarde, eu a segurando e tentando fazê-la aceitar o peito, ela se debatendo com tamanha energia que me escorregou pelas mãos, eu não dormia direito desde o parto, os móveis cor-de-rosa saltavam ao redor, ela chorando, agitando as perninhas vermelhas, talvez eu tenha afrouxado o abraço no qual a tinha envolvido, ela gritava e se empurrava para longe, tudo girando, o que foi que eu fiz, ela caída por cima do tapete, chorando ainda mais forte, tinha escorregado, foi um acidente, eu não queria tê-la derrubado, ela chorando e me olhando rancorosamente do chão, meu Deus, eu mirava os meus braços vazios enquanto ela gritava, mal percebi quando Louise chegou e a recolheu. Tinha sido um acidente, achei que fosse desmaiar, tudo saía de foco, há quantos dias a senhora não dorme, olhei para Louise e a vi envolta do choro esplêndido da menina, do choro triunfal, a minha filha sabia ali que tinha vencido.

Pisco, o banheiro aflora ao redor, séptico e gelado. O rosto de Louise ainda circunda minha visão periférica, o choque em suas bochechas enquanto ela balbuciava delicadezas para acalmar a menina, o apartamento tem duzentos metros quadrados, Louise não pode ter demorado muito para chegar e nos socorrer. Tento lembrar exatamente quanto tempo deixei a menina no chão, chorando esse mesmo choro que há doze dias ela vem chorando, mas não consigo ter certeza, a lembrança se liquefaz sempre que tento encará-la de frente, fugindo para a neblina por trás dos meus olhos. A lógica que me resta insiste que Louise chegou em segundos, que levaria apenas um minuto para atravessar o apartamento, para correr sobre o porcelanato brilhante em diagonal, mas a menina continua chorando, ela está me dizendo que é mentira, que eu a abandonei naquele tapete por horas, por uma eternidade, pela vida inteira.

Uma onda de prazer gigantesca subitamente me faz relaxar os músculos contra os azulejos. Eu penso: sim. Penso: graças a Deus. A dor desaparece, eu havia esquecido como é existir desta maneira: uma criança levada por balões, carregada por pipas de rabiolas compridas que desenham sorrisos no ar. Estou de volta ao corpo de minha mãe, boiando nos fluidos da placenta, inatingível sob camadas e camadas de tecido celular. Olho para minhas mãos, sorrio, sinto que posso fazer qualquer coisa, posso hoje mesmo retomar as esculturas que abandonei pela metade, posso acalmar a menina, não me levará nem um segundo, posso ligar para Marcelo e dizer que venha mais cedo, que prepararei o jantar, e será o melhor jantar que teremos comido na vida, um bom risoto, um vinho português, sim, e a menina no berço, bela como um anjo...

Levanto num susto, sem saber quanto tempo havia passado. O sol que entra forte pelas janelas já não queima as retinas, o corpo leve, gasto quarenta e três segundos até alcançar o berço dourado. A menina ainda chora, os lábios repuxados repletos de cuspe, o rostinho escarlate e suado. Quase não quero tocá-la, mas a coloco nos braços, ela me estapeando enquanto escorrego a blusa e o sutiã pelo ombro direito. Ela me lança a fúria de um último olhar antes de se atirar à minha carne, sugando com força, muito mais força do que seria preciso. A menina mama, também ao mamar ela me pune, exigindo-me por inteiro, ser sua mãe me tirou tudo, aquilo que eu não quis entregar voluntariamente ela tomou quando a deixei cair e me colidi com a suspeita impregnada nos gestos de Louise, no silêncio angustiado de Marcelo, que vasculhou o apartamento de cima a baixo por dias, sem pensar em tocar nas roupas de cama. O choro da menina é para me recordar de que somos cúmplices nas deficiências de minha maternidade, de que minha própria identidade agora lhe pertence — estamos, ambas, confinadas àquela imagem de mãe e filha, dominante o suficiente para apagar quaisquer indícios da mulher que fui, repleta de expectativas que tornam necessário que eu falhe em particular, longe dos olhares curiosos. Eu e a menina, somente, nos testemunhamos.

 Ela parece mais calma, agora — sua respiração tornou-se quase serena e, pela primeira vez em doze dias, ela não protesta quando a apoio sobre o ombro para fazê-la arrotar. Observo seu rosto, um pouco confusa, ela não costuma me ceder território algum sem pedir por outra coisa em troca; mas a menina apenas pestaneja repetidamente, e então está dormindo, um peso quente e pacífico de filha contra meu ventre. Eu também estou sonolenta, levo alguns instantes para me lembrar da seringa, e tenho um estremecimento que por pouco não a desperta — aquela rendição, pois, não foi intencional, nada mais é do que a droga passando do meu organismo para o dela por meio do leite que ainda goteja dos meus mamilos. Recosto-me com ela na poltrona apertada, cochilo boa parte da tarde, quando acordo a menina está me encarando, muda e de olhos arregalados. Estende as mãozinhas para o meu peito meio enfiado no sutiã, eu sei o que ela quer, sei porque fui por anos escrava daquele isqueiro, porque mesmo agora sinto um delicioso torpor pelos membros que me enche da vontade de ser dócil, de acariciar os cabelos da menina, de niná-la como a minha própria mãe jamais fez comigo. Ante a minha lentidão em puxá-la contra mim, ela abre a boca e ensaia um lamento, mas agora sou eu que tenho o comando desse jogo, eu que carrego o trunfo desta nova proximidade, começo a me levantar e a menina se cala, nós nos fitamos uma à outra até que ela finalmente sucumbe — o murmurar das folhagens entra pelas janelas e, dentro do apartamento, esse silêncio estupendo, ressentido, me diz que eu venci.

Marcelo chega quase à meia-noite, caminha descalço com receio de nos acordar, ao passar pelo quarto ele nos vê enroscadas num abraço — sorrio para ele enquanto a menina sorve meu leite em grandes goladas, o líquido branco e espesso escorre por seu queixo até empapar a roupinha, eu a enxugo ternamente e sussurro uma canção.

COLAGEM

~~tenha juízo coloca um casaco~~ *quando você for mais velho você vai entender*

Estamos jogando buraco quando ela chega, eu que sequer gosto de cartas, embora as minhas filhas, quando vêm aos domingos, garantam que eu sempre gostei de jogar, que adoro os blefes e as canastras, e eu a vejo entrar, tímida e pequena, arrastando os pés pelos tapetes enquanto lhe apresentam esta casa de repouso cercada de grama e, ao vê-la, eu estou de novo entrando no colégio, no primeiro dia também entrei assim, lenta e encabulada, pois tinham dito que eu era jovem demais para ser professora, ou talvez fosse apenas o receio de recém--graduada que adentra aqueles espaços da maturidade, já não me lembro bem, maldita doença. É minha vez de jogar, ouço a conversinha ao redor, mas não consigo desviar os olhos da mulher, estão lhe dizendo *aqui é a sala de jogos*, e eu não sei mais qual carta eu quero jogar nem que jogo é aquele, ela tem o mesmo rosto macio, os mesmos caracóis sobre as orelhas que tinha aquela outra mulher, a que me recebeu no colégio dizendo *aqui é a sala dos professores*, e eu mirando-a de lado e já não me recordo qual era a escola nem a roupa que ela usava, tento lembrar ao menos seu nome, que talvez comece com A. Começo a enumerar as palavras com A que ainda me restam, à minha frente a mulher segue para o jardim com a diminuta mala de mão, a luz bate em seu rosto como bateu no rosto daquela mulher de antes, iluminando suas bochechas sem maquiagem, não sei dizer exatamente quando, mas uma vez almoçamos e ela me disse que era difícil encontrar tons de base para peles negras, por isso sei que fazia tempo, e eu de tão nervosa respondi que as bases eram escuras demais para o meu tom de pele, e morri de vergonha, quase rio agora como ela riu então, o sorriso sutil elevando o desenho das primeiras rugas, é o mesmo sorriso desta mulher que percorre os jardins conhecendo os prédios da administração e os canteiros de violetas. Pouso as cartas na mesa porque não gosto de jogar, observo rente à porta a mulher ser guiada para a biblioteca, eu me lembro que gosto de ler, gosto talvez desde sempre, talvez por isso tenha virado professora, e percebo que venho supondo com cada vez mais frequência, mas estou certa de ter frequentado a biblioteca da escola, lá por vezes me encontrava a mulher, esta que talvez fosse Adélia ou Anabela ou Amanda, e sentávamos bem juntas e era tão bom quando ela me explicava as coisas de que ela gostava, pena que não consigo me lembrar quais eram, e corrigíamos juntas as provas, eu ensinava alguma coisa e ela também. Passávamos horas assim conversando, mas a mulher de agora passa rápido pela biblioteca e logo emerge do outro lado do corredor, *aqui é a enfermaria*, eu sigo pelo mesmo caminho, e entrei na sala errada logo no primeiro dia, a mulher pediu aos alunos que esperassem um minuto e me levou até a sala correta, conduzindo-me com um leve toque nas costas, eu paro diante da mulher e ela levanta o queixo quando eu me apresento, e eu perguntei se ela gostaria de tomar um café depois da aula, ela demorou antes de assentir, e eu estou suando um pouco quando lhe pergunto se quer tomar um café conosco na sala de chá. A mulher hesita, mas a moça que lhe serve de guia a incentiva a me acompanhar, é talvez a moça da recepção, não consigo me recordar de seu nome, começo a atravessar o corredor e caminhamos em silêncio pelas ruas históricas de alguma cidade, o tempo todo eu a sentia morna e próxima, a pele rija dos braços reluzindo os vermelhos da tarde, a mulher segue com dificuldade ao meu lado, tem alguma restrição nos movimentos da perna, eu ando devagar e errei de propósito o trajeto para aumentar o passeio, nossos vestidos eram carregados pela brisa e exibiam nossas coxas firmes, as dela mais magras que as minhas, e finalmente viro à direita e abro a porta da sala de chá. Não sei a que horas o café é servido, mas o corpo sempre me lembra, os puxões do estômago necessitado de cafeína, eu deixo que a mulher passe e ela escolheu a mesa bem rente à janela, onde se sentou de frente para mim, e eu tive vontade de lhe tocar as mãos, mas somente pergunto se ela prefere com ou sem leite, a mulher olha ao redor e falou *sou a única professora negra da escola*, e esta mulher à minha frente não diz nada, mas posso vê-la pensar a mesma coisa, cercadas que estamos de velhas pálidas e amarelas como eu. Ela viu minha aliança e perguntou há quantos anos eu era casada, e pergunto por que ela veio parar aqui, e eu respondi que o casamento foi desejo de minha mãe, enquanto ela bebia o café, e me diz que está nos estágios iniciais do Alzheimer, Alzheimer, arado, areia, eu perguntei da família dela e ela fala que não tem ninguém, a não ser um afilhado, afável, afaimado, nada disso é o nome de uma pessoa. Não recordo qual fora a cafeteria, em que rua, apenas que ela tinha lido muitos livros e eu também, falamos destes tantos livros cujos títulos agora me escapam e eles tinham algum significado, eu lera muito talvez porque buscasse alguma coisa, e olhando para ela pensei que ela soubesse e pudesse me ensinar, por isso procurei seus dedos, ela recolhe as mãos para o colo, suspira e me encara como se realmente soubesse. Eu perguntei se ela queria ir para a minha casa, era um horário em que meu marido trabalhava e as crianças não estariam, ela continua me olhando e tenho certeza de que ela sabe, e pergunto se posso levá-la até o quarto, e então a mulher de antes e a de agora sorriem o mesmo sorriso franco e aberto, terminam o café sem açúcar com a ponta da boca, enquanto eu as encaro detrás da cortina de minhas memórias repletas de espaços. Levantei e ela me seguiu sem alarde, a tarde caía ao redor e as mulheres nos convidam para ver a novela, escorregamos pelas calçadas e às vezes nos tocávamos com os ombros, e nenhuma de nós se afastava, ela tem os passos miúdos e incertos, e eu prolongo ao máximo os corredores estreitos do asilo, mas chegamos rápido demais à porta de casa, quando ela entra tira logo o casaco, a nuca viçosa e estreita cheirava a perfume, ela se senta na poltrona e cruzou as pernas e me disse meio brincando que nunca se imaginara com uma branca que sequer saíra do armário, e eu hesito sob o umbral e espero que ela me chame, ela começa a dizer o meu nome, e estamos a sós como estivéramos antes, entre nós apenas a pele, essa fronteira.

NERO

~~só não esquece a cabeça porque tá grudada no pescoço me dê a mão para atravessar a rua~~ será sempre o meu bebê

Eu soube que a bebê tinha sido deixada pra mim porque eu nunca pegava o caminho até a igreja, mas justo naquele dia eu decidi passar por lá. Estava ouvindo "Morena tropicana" em volume máximo, mexendo os quadris como se ainda tivesse dezessete anos, e praticamente tropecei nela no meio da calçada. Naquele instante, foi como se eu voltasse a ser adolescente, quando escolhia nomes para as bonecas das meninas mais novas; uma das bonecas tinha os mesmos olhos daquela criança largada diante da igreja, era uma boneca linda, que me fazia pensar que a coisa mais simples do mundo era ter uma filha, escolher um belo nome e dividir com ela o café da manhã enquanto ela diria "obrigada, mamãe" toda vez que eu passasse o leite. Eu tentei explicar a Marília e ela não entendeu. Mas que merda, você pegou uma criança do nada pra criar? E eu respondi que as pessoas faziam coisas piores na vida.

Marília era uma pessoa carregadíssima. Ela vivia cansada, reclamava que trabalhava demais, que pagavam pouco e o aluguel estava atrasado, mas tenho certeza de que ela precisava mesmo era de uma boa limpeza astral. Só que eu falava e Marília suspirava que nem uma atriz de cinema, como se as minhas palavras estivessem acabando com ela. Estávamos juntas há quatro anos, desde que ela me pagou um chope num barzinho decrépito aonde fui somente porque tinham me dito que ali as mulheres tomavam grandes liberdades. Umas poucas horas e Marília enfiou a língua na minha boca, disse que me escolheu pelo gosto doce das pastilhas Valda, que deixaram os lábios dela formigando. Aqueles dois reais foram o melhor investimento da minha vida. Eu a escolhi porque ela era branca, mas não contei, inventei alguma coisa mais sensível. Marília pareceu tão leve naquele dia, descontraída feito uma borboleta, mas agora: quatro anos de aluguel e toda aquela lenga-lenga. Eu tinha por princípio nunca me preocupar com dinheiro. A vida me ensinou que o dinheiro sempre aparecia de alguma forma.

    Qualquer um acreditaria que a menina era nossa filha porque ela tinha um tom café com leite que formava uma mistura perfeita da minha pele com a de Marília. Não quando estávamos juntas, é claro, mas se saíssemos com ela separadamente, ninguém duvidaria que fôssemos, cada uma, a mãe da criaturinha. Eu podia dizer sem medo: esta é a minha filha, Moira. E as pessoas comentavam o quanto ela parecia comigo. Marília não queria nem saber da menina, estava convencida de que eu iria desistir da maternidade como desisti de trançar os cabelos ou de decorar as unhas com aquelas fitinhas de silicone colorido. Parece brincadeira, mas era isso mesmo que ela achava. Às vezes, ela chegava do trabalho e nos encontrava juntas no quarto, tentando montar uns cubos frouxos, e dizia coisas como: quatrocentos reais de fralda. Quinhentos reais num berço, você ficou maluca? Tudo assim, quantificado. Eu reconhecia o medo dela, de sermos expulsas do apartamento, de ficarmos sem nada, na porta da miséria, uma zona nebulosa que Marília apenas deixou de frequentar depois de adulta. A ameaça da miséria era constante, incansável. Estávamos mais ou menos protegidas por aquelas paredes ordinárias, mas a qualquer momento a miséria poderia chegar e levar tudo, feito uma enchente. Enquanto isso, deixava Marília acordada durante a noite, fumando cigarros.

Já a minha mãe adorou a Moira. Quando aparecemos no portão, Moira num vestidinho rosa que dava a ela uma deliciosa aparência de jambo, mamãe sorriu e nem comentou das minhas unhas sem fazer, do desleixo das raízes crespas saltando sobre a minha testa. O alisamento dela estava em dia, como sempre, ainda que a casa precisasse de pintura. Eu deixava Moira ali toda manhã antes de ir trabalhar, era bibliotecária de uma escola, e a pegava de volta no final do expediente. Se eu entrasse para tomar café, mamãe tagarelava sobre as estripulias de Moira, grasnando feito uma pata contente, o que era uma mudança agradável de seu discurso usual — pequenas variações de que não bastassem as tantas desvantagens que a vida me deu, ainda inventei de ser sapatão com o único propósito de espicaçá-la, fazendo dela o comentário das vizinhas. Mamãe nunca perguntava de Marília, nunca; nas raras vezes em que a mencionava, sempre a chamava de aquela mulher. Aquela sua amiga, aquelazinha. Eu me irritava e queria saber o que havia de errado com Marília, ao que ela murmurava alguma coisa incompreensível, rasteira, e eu soltava: pelo menos ela não me bate. Então mamãe olhava fixo para a frente, suflê nas mãos, até eu não aguentar e desviar a vista.

    Foi mamãe quem descobriu que Moira tinha no bumbum uma mancha de nascença que, com um pouco de boa vontade, poderia se dizer igual à nossa: uma pincelada marrom-escura, semelhante a uma crisálida. Quando a trocava, eu alisava aquela mancha e sentia que estávamos predestinadas, que éramos da mesma matéria, ela uma versão melhor e mais bonita de sua mãe, como, aliás, compete a todas as filhas. Tinha vontade de ficar o dia todo com ela, mas precisava trabalhar, Marília repetiu mil vezes precisar de ajuda para pagar as contas. Acabei arranjando outro emprego mais perto de casa, como secretária de uma clínica popular. Enchi a mesa com fotos de Moira e as pessoas a elogiavam o dia todo, até mesmo o doutor Fagundes, que costumava reclamar que meu cabelo estava sempre bagunçado, ainda que eu tivesse colocado um pote inteiro de gel naquele coque. Pensei que Moira, ao menos, tinha os fios lisinhos, com um pouco de sorte não encrespariam e quando crescessem eu não precisaria passar óleo neles e puxar o couro cabeludo até sangrar, que nem a minha mãe tinha feito comigo.

    Às vezes eu me sentia feliz de ter aquele emprego, mas nem sempre. Ninguém nunca entendia quando eu precisava faltar porque Moira estava doente ou tinha respirado estranho durante a noite. Reclamavam bastante comigo, mas o truque era justamente este: deixar os médicos se sentirem os mandachuvas de vez em quando. A clínica exigia que eles terminassem uma consulta em dez minutos, por isso gostavam de chegar no consultório e encontrar uma ou outra coisa fora do lugar apenas para poderem brigar conosco, as secretárias. Uma bronca por um prontuário mal colocado garantia uma semana inteira de sossego, você só tinha que parecer assustada e eles vinham tranquilizá-la, ora, não é para tanto, e davam umas palmadinhas nas nossas costas. Só não podíamos chorar, nada tira um homem do sério como ver uma mulher chorando; perdoavam atrasos, faltas de última hora e pedidos de adiantamento, mas choro, nunca.

As coisas só foram se tornar realmente interessantes por lá quando Eva apareceu. Foi a primeira ruiva que eu vi de verdade, as bochechas pontilhadas de sardas minúsculas, como se ela tivesse esquecido de lavar o rosto. Eu ouvi o doutor Fagundes sussurrar no ouvido de um colega, embora alto o suficiente para todos escutarem — isto, sim, é uma mulher. Me perguntei onde isso deixava as outras, nós que já trabalhávamos ali e não éramos propriamente mulheres. Eva era muito jovem, recém-saída da faculdade, e foi colocada sob minha supervisão. Ela parecia esperta e tinha um currículo impressionante, a ponto de surpreender que aceitasse trabalhar na clínica por um salário mínimo. Se eu falasse inglês e espanhol, com certeza buscaria um lugarzinho mais arrumado do que aquele. Expliquei a ela que o trabalho maior se resumia a obter as autorizações dos convênios, muitos dos pacientes estavam inadimplentes e não gostavam quando a gente dizia que o pedido deles tinha sido recusado. A melhor estratégia era então encaminhá-los para o escritório parceiro de advocacia, a perspectiva de um processo e gordas indenizações sempre acalmava os ânimos de todo mundo.

Todos os dias, independente do clima, Eva vestia mangas compridas, o que só fui entender quando nos cruzamos no banheiro e ela tinha dobrado os punhos para enrolar abaixo do cotovelo um plástico transparente. Foi aí que vi que os braços dela estavam cobertos por tatuagens: pássaros, números, símbolos xamânicos. Ela riu ao notar a minha cara. O corpo dela erguia-se à minha frente feito uma âncora em que se enroscavam aquelas sensações eternizadas, capturadas pela tinta. Quando contei a Marília aquela impressão, ela não gostou de eu ter ficado sozinha no banheiro com uma garota e nem quis ouvir o resto da história, mas a verdade é que não senti desejo nenhum por Eva — desejei, sim, as tatuagens. Até então, as únicas tatuagens que eu tinha visto eram tribais e dragões nos músculos inchados dos homens, e um ou outro pequeno coração em nucas e tornozelos. Nada como aquela composição derretida pelos braços de Eva, serpenteando debaixo das costuras da blusa. As tatuagens dela não eram enfeites, mas armadilhas — capturavam alguma coisa e prendiam debaixo da pele.

Acho que gostei tanto das tatuagens porque na minha vida as coisas não costumavam permanecer. Antes de Marília, eu já havia morado com duas ou três mulheres, que me abandonaram após brigas maiores ou menores. Mas, mesmo antes delas, eu já tinha sido abandonada um par de vezes, começando pela minha avó, que um dia me esqueceu na estação de ônibus e embarcou sozinha para o litoral. Fiquei rodando com um baldinho por doze horas até um segurança conseguir localizar a minha mãe. O caso virou uma anedota de família, todo mundo achou engraçadíssimo, e eu já grande aprendi a rir também, mas, na hora, lembro de ter ficado apavorada. Às vezes, aquele medo reaparece de surpresa, nas situações mais inconvenientes, e é como se eu nunca tivesse sido encontrada naquela estação, como se até hoje vagasse pelos corredores em busca de um rosto conhecido, tentando não gritar.

Assim que descobriu o meu fascínio pelas tatuagens, Eva passou a me dar descrições detalhadas de como fez cada uma delas, seus significados, coisas do tipo. Ela mesma tatuou uma boa parte dos símbolos, os que ficavam ao alcance, com um traçado firme e elegante ondulando através de seus pelos — Eva tinha o corpo todo recoberto por uma leve penugem, ou ao menos era o que eu imaginava, pelo que via dela. Havia uma bússola ao redor do umbigo para mantê-la centrada e, logo acima, uma cabeça de alho, porque ela cresceu num sítio repleto deles e o cheiro era a única coisa capaz de acalmá-la se estivesse ansiosa. Eu gostava mais quando as tatuagens tinham significados bonitos, porque achava estranho Eva tatuar também velhos traumas, como se não quisesse mesmo se libertar deles. Na verdade, ela nunca contava o que aconteceu, apenas passava por algumas tatuagens sem explicações, coisas horripilantes feito baratas ou uma ratazana. Eu também não perguntava porque não queria ouvir mais uma história de alguém que esteve no fundo do poço. Todos estivemos, alguns de nós voltam de vez em quando, para passar as férias. Não havia por que se demorar nesse assunto.

Algumas tatuagens não tinham sentido nenhum e apenas contrastavam bem com a pele leitosa de Eva e com o mosaico ao redor. Essas eram as minhas preferidas porque podíamos inventar o que quiséssemos sobre elas, dar uma infinidade de interpretações. Às vezes, durante a pausa do café, nos perdíamos em conjecturas, eu tentando conceitos místicos e Eva sorrindo e falando pode ser, pode ser, até que outra garota nos surpreendia e reclamava que o trabalho na recepção estava de acabar com uma pessoa. Os médicos, ao aparecerem para um cappuccino, ou flertavam com Eva ou ficavam tímidos na presença dela; para mim diziam "bom dia" ou "boa tarde", meio tardiamente, como uma lembrança. Eu às vezes contava os segundos que eles levavam para lembrar, mas nunca passava muito de cinco ou seis; depois acenavam, distraídos, quando eu dizia "boa tarde" de volta.

Um dia, enquanto víamos fotos na galeria embaçada do meu celular, Eva me perguntou por que eu não tatuava o nome de Moira. Fiquei pensando naquilo um tempão. Mas quando comentei com mamãe, ela descartou a ideia num segundo, falando que eu teria que achar alguém especializado e me custaria o dobro do preço. Para a minha mãe, o pior pecado do mundo era não pagar o absoluto mínimo por alguma coisa. Marília declarou que eu já tinha passado da fase de querer tatuagem, que com o tempo minha pele se dissolveria ao redor dos ossos e então tudo ficaria terrivelmente deformado. Depois deu o golpe final, lembrando que não nos sobrava dinheiro para essas futilidades, Moira já nos dava despesas o suficiente. Embora não soubessem, acho que foi a primeira vez que as duas concordaram em alguma coisa. Mesmo assim, nos intervalos, eu me divertia escrevendo o nome de Moira com um monte de fontes diferentes, depois projetando na perna, na barriga. Talvez só um M, tem mais mistério, Eva opinava, mordendo a caneta.

    Acho que já fazia uns seis meses da chegada de Eva quando entrei no consultório do doutor Nogueira e a encontrei sentada no lugar dele, fumando um charuto. O doutor não ia às terças-feiras e a sala costumava ficar trancada, salvo nos momentos que eu aproveitava para deixar sobre a mesa dele alguns documentos para assinatura, o que tinha sido justamente minha intenção. O ventilador de teto a envolvia na fumaça adocicada e espessa do charuto, ora escondendo, ora revelando pedaços das insígnias tatuadas na parte de baixo de seus braços. Eva pareceu então uma bruxa, algo milagroso e sobrenatural saído dos livros; dores e delícias murmuravam debaixo de sua pele, uma canção que me fez entrar, fechando a porta, e descobrir que, na verdade, não me importava de estar sozinha com ela.

    — Quer um? — ela perguntou.

    Desde que eu entrei, Eva não havia se movido, permanecendo inclinada sobre a cadeira vagabunda de rodinhas por trás da mesa, o *tailleur* apoiado no encosto. As gavetas ao redor estavam escancaradas e a caixinha de charutos equilibrava-se em cima do teclado do computador; eram uns charutos importados da Argentina, que o doutor fumava somente às sextas-feiras, no final do plantão. Eu fiz que não com a cabeça, mas ainda assim me sentei diante de Eva como se fosse sua paciente e estivesse a ponto de confessar uma penca de inflamações. O cheiro do charuto era enjoativo, quase repugnante; eu tinha um monte de coisas para fazer e fiquei um pouco nervosa ao pensar que logo estariam me procurando, que nada impediria alguém de entrar e nos ver ali, ocupando um espaço que não nos pertencia.

— Fumar me ajuda, entende? — ela ofereceu, e eu assenti, embora não fizesse a mínima ideia do que ela estava falando. Eu a via fumando o tempo todo no pátio, cigarros baratos que ela amontoava na bolsa, às dezenas. Imaginei ser algo relacionado à depressão, às tatuagens obscuras que desciam pelas pernas dela, agarrando-se aos calcanhares. Eu quase disse que a depressão era um bom negócio naquela clínica, porque os médicos praticamente faziam fila pra te receitar um monte de remédios; ninguém reclamava muito depois de umas doses injetáveis de calmante, isso eu podia garantir.

Eva de súbito emergiu da fumaça, apoiou os cotovelos na mesa e me desafiou:

— Você já fez alguma coisa proibida?

— Eu já traí uma namorada — respondi, mas ela disse que não contava, então menti que vendi maconha por dois anos na faculdade.

— Você, maconheira? Porra nenhuma — ela riu. Me chamou de princesa, de dona certinha, o tipo de menina que dava gosto aos pais, e então foi a minha vez de dar risada.

Se alguém fizesse um filme sobre a minha família, a cena principal seria esta: uma mãe com nero na cabeça, para esticar os cachos, enquanto lavava a louça e dizia à filhinha que era impossível limpar os pratos com uma criança que não calava a boca. Então chegaria o pai, ouviria a mãe reclamar e daria um tabefe na cara dela, porque, puta que pariu, um homem não podia nem jantar em paz na própria casa. A essa altura, a filhinha teria se escondido atrás do sofá, mas como naquela época não conseguia de fato fechar a matraca por muito tempo, acabaria apostando corrida com o pai por entre os móveis da cozinha. Ela sempre perdia — o tapa às vezes a atingia nas costas, outras vezes nos braços, ou, nos melhores dias, pegava no meio da bunda e nem doía. Não era um filme muito bom, e quase todo mundo já havia visto.

Não contei nada daquilo a Eva porque, agora, pelo menos, eu tinha Moira. A melhor parte do dia era voltar para casa com ela mole e cheirosa no colo. Uma criatura tão pequena e indefesa não podia abandonar ninguém, nem se quisesse. E depois, quando crescesse, seria tarde demais, eu já a teria capturado, irremediavelmente. Não se pode escapar do amor de uma mãe: ele nos persegue até quando estamos sozinhas em nosso próprio banheiro decidindo, uma noite, não fazer nero, e então fazendo mesmo assim. Marília garantia que eu ficava bonita de qualquer jeito, e eu não tinha como dizer a ela que, nesse aspecto, a opinião dela não contava, nem um pouco. Na verdade, queria muito que ela não falasse nada, mas isso nunca acontecia — Marília falava sem parar, quem acabava ficando em silêncio era eu.

Dentro do consultório do doutor Nogueira fazia um calor terrível. Eva largou o charuto e prendeu os cabelos num coque alto. Eu já estava suando nas axilas, do lado de fora chegavam os ruídos da agitação dos pacientes, reclamando da espera. Uma briga estourou na recepção, podíamos ouvir tudo pelas paredes de gesso. Eva, afinal, levantou e espremeu a ponta do charuto no tampo da mesa. Depois, foi como se ela rebobinasse os próprios movimentos: vestiu o *tailleur*, guardou a caixinha, fechou as gavetas e, num segundo, tudo retomou uma aparência impecável. Não queremos meter a princesa em confusão, ela disse, e piscou para mim. Quando me deu as costas para abrir a porta, eu vi, por entre os fios ruivos de seu pescoço, o desenho em vermelho, camuflado, de um ponto e vírgula.

Eu não tive tempo de esquecer aquele ponto e vírgula porque, logo depois, o relógio do doutor Rangel desapareceu. Eu nem sabia que ele guardava um relógio na sala, junto com os papéis da impressora, o que me pareceu uma ideia meio estúpida, mas ele disse ter sido um presente, e daí eu entendi que ele não queria contar à esposa, o que fazia mais sentido. Eu não sabia sequer a cor do relógio, nem tinha saído da minha mesa, porque a fila naquele dia estava na esquina, mas isso não impediu o diretor de me chamar e me acusar na frente de todo mundo. Ninguém exigiu prova nenhuma, e se eu tivesse protestado teriam dito que estavam só perguntando, que não tinham afirmado nada, e pediriam para eu me acalmar, por favor. O diretor olharia para o doutor Rangel e seria evidente que estariam pensando: se ela está nervosa assim, deve ter alguma culpa no cartório...

Quando contei a Marília que fui obrigada a pedir demissão, ela ficou possessa; queria ir até a clínica para fazer um escândalo, chamar o jornalzinho fuleiro do bairro e conseguir uma manchete, ainda que só circulasse por umas doze ruas. Você não vai reagir? Se defenda, merda! Eu preferia mesmo que ela não tivesse dito nada. Era em momentos assim que eu me via de volta à rodoviária, girando naquele saguão por horas, sabendo que, se gritasse, algumas pessoas teriam mais medo de mim do que eu delas, mesmo aos oito anos. Então eu perguntava "o senhor pode me ajudar?", de novo e de novo, até alguém não virar o rosto. Alguns abraçaram as bolsas, outros me deram esmolas; só no começo da noite, enfim, chamaram o segurança, que não escondeu a satisfação quando a minha mãe afinal se escafedeu comigo. Se a gente fosse se importar com essas coisas, seria impossível levantar da cama. Ainda assim, fui me sentindo mal, Marília não dava trégua, bradando que aquilo não ficaria assim, não mesmo; acabei me refugiando no quarto com Moira, cantando para ela enquanto a balançava suavemente nos meus joelhos.

Na fase de redistribuir currículos, logo confirmei que o desemprego combinava comigo — eu passava o dia inteiro com Moira, brincando em parques, levando-a ao jardim zoológico, a lojas chiques para crianças que nos davam um montão de brindes e pirulitos. Moira agarrava o doce com as duas mãozinhas, espremendo e golpeando as bochechas até estar toda coberta de açúcar, era um encanto, todos diziam. Mamãe às vezes nos acompanhava; eu aceitava a contragosto, mamãe sempre implicava com alguma coisa, desde o modo como eu segurava Moira até as regras que eu precisava seguir para estabelecer uma rotina de sono infantil. Sua última obsessão eram as vacinas; vivia me azucrinando para tomar cuidado, essas vacinas que andavam aplicando por aí podiam causar alergias graves ou um mal súbito. Numa manhã em que caminhávamos perto de casa, ela contou uma história tenebrosa, sobre os gêmeos da vizinha — os meninos tinham uma condição genética que os impedia de tomar certa vacina, mas, por engano, tomaram mesmo assim. O primeiro morreu quase na mesma hora e o segundo viveu por uma semana sabendo que tinha os dias contados, que logo estaria de pés juntos na cova ao lado do irmão. Já pensou uma coisa dessas, mamãe perguntou, agitadíssima, depois ela própria respondeu: era impensável. Acho que ela queria ilustrar algum ponto obscuro sobre as falhas da saúde pública, mas eu disse não ser muito diferente do que acontece ao resto de nós — morremos ordenados, avós, pais e filhos, sabendo que a cada morte a nossa vez se aproxima e rezando para não acabar furando a fila. Aquilo, para minha surpresa, deixou mamãe caladinha.

Só que ela não esqueceu, porque, num dia em que regávamos as plantas da casa dela, mamãe me disse como quem não quer nada:

— Você já reparou que a manchinha de Moira está sumindo?

Saí correndo e, com as mãos molhadas, catei Moira do meio das flores. Ali mesmo desfiz a fralda, confirmando que, na nádega esquerda, a crisálida tinha encolhido ao tamanho de uma joaninha. Esfreguei o pontinho até assar a pele, Moira começou a chorar, ela não entendia que eu fazia aquilo para o nosso bem, que perder a mancha seria criar uma distância impossível entre nós — sem a crisálida, voltaríamos ao estranhamento. Todas as noites, antes de colocá-la no berço, eu lembrava Moira de que ela foi abandonada, que eu também tinha sido, muitas vezes, mas tudo bem, porque agora havíamos encontrado uma à outra. Ela não tinha os meus genes, mas compartilhávamos a mesma marca de nascença, essa era a mágica da história. Sem a mancha, seríamos banais; nada nos ataria.

Mal o sol se pôs e eu saí a toda com Moira, enquanto mamãe esbravejava do portão que aquela mulherzinha bem poderia esperar pelo menos até darmos o jantar à menina. Nem sei quanto tempo eu caminhei, não sentia nada, e, quando cheguei, apertei a campainha sem parar; Eva tomou um susto danado ao me ver. Eu disse, a título de cumprimento, que lembrava o endereço dela dos cadastros. Ela estava linda, os cabelos ruivos emoldurando os ombros, as tatuagens das pernas agora expostas até o short jeans, com uma flor imensa na coxa perdendo as primeiras pétalas. Antes de ela começar com as ladainhas, eu disse a que tinha vindo.

Eva estava na plateia quando o diretor me acuou na recepção, na frente dos pacientes. Dava para ver na cara dela que não tinha antecipado aquela cena, mas afinal ela não disse nada, nem eu, porque me lembrei do ponto e vírgula vermelho, úmido de suor. Ela não precisou explicar para que eu entendesse: a gente coloca um ponto e vírgula quando poderia acabar a frase ali, mas por algum motivo opta por continuar. Era o carimbo dos sobreviventes, e, perto de uma coisa assim, o resto não podia ter grande importância, muito menos um empreguinho numa clínica picareta daquelas. Mas o fato era que agora ela me devia uma, nós sabíamos. A casa era uma república antiga, cheia de garotas transitando pela sala em variados estágios de nudez, por isso Eva nos levou até o quarto e fechou a porta. Eu repeti, num só fôlego, que precisava que ela tatuasse uma crisálida no bumbum de Moira, idêntica à minha, e nem esperei ela responder antes de abaixar as calças.

— Ela não tem idade — Eva se opôs, mordendo as unhas. O quarto tinha um cheiro insuportável de cigarro.

— Moira completou um ano esta semana — rebati, embora, na realidade, não soubesse. Ainda não tinha me ocorrido que precisaria decidir uma data de aniversário para ela. Poderíamos, quem sabe, ser do mesmo signo.

Eva suspirou, mas mexeu no armário por um momento, e então ligou a máquina.

Marília só descobriu meses depois, quando voltamos de um passeio na praia. Eu me sentia um pouco doente, algo não tinha assentado bem no meu estômago e terminei vomitando por uns dez minutos. Moira começou a chorar, eu podia ouvir a voz dela ressoando nos ladrilhos, mas não conseguia levantar, presa ao chão pela náusea. Marília foi socorrê-la, deve ter visto a tatuagem minúscula, antes escondida pelo biquíni de oncinha. Quando enfim saí do banheiro, Marília estava me esperando; antes que eu pudesse fazer alguma coisa, a mão dela explodiu de encontro à minha bochecha. Eu tinha aprendido a receber um tapa desde a época do meu pai, mas fosse por causa do enjoo ou porque fazia muito tempo que eu não precisava daquela habilidade, minha vista acabou escurecendo.

    É que Marília não me batia, só às vezes.

RINHA

> ~~quando eu tinha a tua idade no meu tempo era diferente~~ enquanto você viver debaixo do meu teto

Não era — nunca foi — vovó. A casa era dela, de Rute, que além de minha avó foi também minha mãe desde os meus doze anos. Desde os meus doze anos, que foi quando a minha mãe morreu, ela era tudo aquilo: Rute, minha avó, minha mãe. Mas gostava de ser chamada de Rute — era o nome escrito em seus antigos jalecos, que ela certamente ainda guardava dobrados e tirava uma vez no ano para alvejar. E eu, sua neta, era também a filha que sua filha havia deixado, assim dizia ela para os outros — eu de herança como as roupas penduradas no armário, o carro velho e algumas cartas escondidas na escrivaninha, tudo doado ou jogado fora. Dos restos da minha mãe, a minha avó permaneceu somente comigo. Era sua obrigação, dizia sempre para os outros. E me criou bem criada, porque as coisas tinham que ser feitas direito, o amor vinha depois, talvez. Nesse meio-tempo, era Rute, como foi desde que nasceu e seria até morrer.

Eu digo a Fernando: ela gosta de ser chamada pelo nome. Estamos de frente para a casa dela, ele querendo um cigarro, eu proibindo e olhando a fachada azul. Azul igual, tudo exatamente igual ao dia em que saí dali — da casa dela, de Rute, para nunca mais voltar. Eu tinha dito que nunca mais pisaria os pés na casa dela, nunca, nunca mais, odiava aqueles cômodos abafados, os livros empoeirados nas estantes, odiava até as imagens dos santos, os pobres que precisavam conviver com ela. Eram santos, suportavam tudo — eu que não tinha aguentado mais. Nunca mais ela ia ver a minha cara, eu disse a ela. Isso eu tinha lá meus vinte anos. Vinte anos, quinto semestre do curso de Direito, peguei a mochila e disse que nunca mais ia voltar, fui viver com a Lurdinha na pensão, dobrando horário no estágio e pedindo dinheiro a quem pudesse emprestar. Mas ali, naquela casa, não pisaria mais, nem morta — isso eu tinha dito.

Toco a campainha com as mãos suarentas, mordendo os lábios; Fernando ri e me diz para ter calma — todas as mães gostam dele, com avó não ia ser diferente. Ele ri porque não sabe, eu o deixo rir e me abraçar por trás com aquele cheiro bom que ele tem e que realmente me acalma. O rosto que abre a porta é jovem, mais jovem do que o meu, é a moça que cuida da minha avó, foi com ela que eu havia conversado no telefone. Teresa, o nome dela, ela repete agora na porta. Teresa, coitada — tinha que ser uma santa. Está toda de branco, até os sapatos; eu nem pergunto porque sei que deve ser exigência da minha avó. Rute tem dessas coisas, eu me lembro. Ali na sala apertada eu me lembro de tudo, ela ali sentada quando eu tinha vinte anos e estava no meio da faculdade de Direito. Bem no dia em que fui embora, para nunca mais voltar, e ela, Rute, tinha derramado o café, a mancha ainda está ali no sofá, desbotada pelos anos. A mesmíssima mancha, nem isso havia mudado, os livros também iguais, o tapete surrado, a cristaleira em que eu não podia mexer nem quando deixei de ser criança. Tudo igual, meu Deus, menos eu, que falei que não voltaria, nunca mais, nunca na vida, e cá estou, dizendo a Fernando que não toque na cristaleira.

Teresa abre caminho e nos guia pela casa, é a mesma casa de sempre, tudo está exatamente a mesma coisa. Eu sigo porque já dei aqueles passos infinitas vezes nas tantas correrias para o quintal quando ainda morava ali, e cada passo tem aquele peso. Pesam os passos e eu me demoro, a mesa de jantar está idêntica, até da toalha bordada eu me lembro perfeitamente, debaixo da ponta dobrada se completa o desenho de borboleta, o desenho de borboleta em fita roxa. É como andar debaixo d'água, aquele peso, depois de tantos anos. Fernando sorri porque não entende nada, porque Teresa falando pede um sorriso, é uma santa, já se vê. A cozinha foi renovada, mas permanece o papel de parede florido e amarelado, os aparatos de outro tempo de que Rute gosta — e então o vulto dela, no meio do jardim.

Antes da demência, havia laranjeiras e umas tantas flores; eu pequena corria pelas árvores e catava as frutas que caíam no meio das folhas secas. Isso antes, quando minha mãe ainda era viva. Lembro pouco desse tempo, mas disso lembro bem, de correr pelas árvores colhendo laranjas. Agora sem laranjas e sem árvores, o jardim é somente grama, quase um pátio, e no meio de tudo está Rute, ali sentada. Sentada no que devia ter sido a sombra dos velhos pés de laranja. Ela, Rute, toda seca, como se a água houvesse evaporado de dentro dela. Nela ali sentada se vê a passagem dos anos, todos eles, cada um daqueles quinze anos desde que eu saí pela porta da frente gritando que não iria voltar, nunca mais. Nunca mais ela me veria, naquela tarde havia o mesmo cheiro de café que encontro agora, saindo da xícara que ela tem nas mãos, logo em cima de um cobertor de lã. O mesmo café, outra eu e outra ela. Eu que tinha esbravejado que nunca mais pisaria naquela casa, ela esbravejando que eu nunca mais pusesse os pés na casa dela.

Teresa traz umas cadeiras da cozinha, Fernando pergunta como vai a senhora, dona Rute, ela não responde. É difícil arrancar uma palavra da minha avó, tinha sido sempre assim, desde muito antes da demência. O diabo mora na ponta da língua, ela dizia, e então estalava os lábios fazendo um som esquisito, *toc toc toc*, é o tipo de coisa que assusta uma criança. Ela dizia aquilo enquanto colocava o jaleco por cima da roupa, de frente para o espelho, *toc toc toc*, quando eu, doze anos, reclamava da falta que sentia da minha mãe. Ela, Rute, muito arrumada, *toc toc toc*, o batom carmim chocante contra o branco fosco do pó de arroz, eu tirava a saudade da língua e engolia até que descesse ao estômago, isso eu tinha doze anos. Ela ainda trabalhava, embora já pudesse ter se aposentado. A roupa era branca, como a de Teresa, os sapatos também.

Ela tem ainda os mesmos olhos. Sem arrependimentos. Talvez já tenha se esquecido de tudo, até das laranjas. Eu tinha vinte anos quando descobri, lá no quinto semestre da faculdade de Direito, foi quando comecei o estágio no setor jurídico do hospital. Foi ela que me conseguiu o estágio, devia saber que era uma questão de tempo até que eu também soubesse. Por aí se vê que não lhe importava. Eu, vinte anos, estudante de Direito, comecei o estágio no hospital, ela era chefe das enfermeiras, embora àquela época já estivesse idosa. Não tão idosa como agora, não com estas manchas, nem com estes dedos trêmulos — ainda sem a demência, ainda afiada. Do corpo dela à minha frente escapa um leve cheiro de colônia. Fernando não se intimida com o silêncio, continua as ladainhas sem esperar resposta, ele não é como eu, está acostumado demais a ser amado. Ele tem daquelas certezas, de quem foi amado desde o berço. Como é que alguém assim entenderia alguma coisa?

Eu começo a explicar a Rute sobre o nosso casamento, o meu mais Fernando. Que talvez seja hora de deixar o passado para trás, eu sou a única família que ela tem. Ela não fala nada, mas a boca se retorce num meio-sorriso, talvez isso seja bom, talvez não, como ela não fala nada, é impossível saber. Digo que tudo foi há muito tempo — tudo, as laranjas, o sofá, o café, os arquivos do hospital. Quinze anos é muito tempo. Mas ela não se arrepende, isso consigo dizer só de olhar para o rosto dela, por baixo da pele vincada é o mesmo rosto de quinze anos atrás. Ela vindo da cozinha, trazendo o café, isso fazia quinze anos. Eu estatelada na sala, os papéis na mão. Quarenta e oito nomes escritos ali nos papéis, nomes de mulher — quarenta e oito mulheres que ela, Rute, tinha denunciado. Estava tudo ali nos papéis, nos arquivos do hospital. As mulheres haviam chegado com sangue no meio das pernas, quase mortas, Rute era chefe das enfermeiras, enquanto os medicamentos faziam efeito, ela ia até o escritório e preenchia as denúncias. Quarenta e oito mulheres, chegadas exangues ao hospital.

Teresa traz alguns comprimidos, olha com alguma pena para Rute e para nós. Talvez pareçamos essas famílias desfeitas que se reúnem ao final, por força de uma ou outra doença — como se a doença romanticamente nos refizesse em melhores versões. Eu me pergunto se Teresa teria pena das quarenta e oito mulheres, caso soubesse. As mãos de Rute tremem ao erguer a xícara; naquele dia, há quinze anos, as mãos dela estavam firmes — firmes até quando perguntei se era mesmo a assinatura dela nos papéis. Ela pousou o conjunto de bule e xícaras na mesinha de centro e se sentou de frente para a janela, como se eu fosse visita e fosse necessário fazer toda aquela sala. Eu morava ali desde os meus doze anos e toda tarde era a mesma coisa, ela arrumada como se eu fosse visita, as xícaras de prata polidas e reluzentes. Os santos e os livros enclausurados nas estantes. Eu mostrei os papéis, como pôde fazer uma coisa dessas, Rute, ela na maior calma do mundo, bebendo café e dizendo, aborto é crime, crime se denuncia para as autoridades.

Rute olha para mim por trás da xícara de café, já sem sorrir. Ela sabe por que eu vim. Demência ou não, ela sabe.

Quinze anos, é muito tempo para se viver com uma coisa daquelas, ela sabe e eu também. Por isso eu tinha vindo. Não vir seria ainda pior do que estar ali, lembrando de tudo, do café, da mesinha na qual eu derrubei os papéis com força, você violou o sigilo profissional, Rute, isso também é crime. Ela muito arrumada, gola engomada, me oferecendo um café como se eu fosse visita, eu que era filha da filha dela — o problema dessas mulheres, Isabel, ela me chamava sempre de Isabel, nunca me pôs apelido nenhum, o problema não é serem denunciadas, o problema dessas mulheres é que elas são irresponsáveis e assassinas. Falou na maior calma do mundo, tomando café, falou exatamente assim — irresponsáveis e assassinas. Eu estou com a consciência tranquila, Isabel, é uma questão de princípios. Eu fiquei louca, nunca na vida senti tanta raiva, você arruinou a vida dessas mulheres, Rute, elas deviam ter o direito de decidir, você é um monstro, Rute, e comecei a gritar, acho que nunca na vida me descontrolei como naquele dia. Eu gritava e ela tomava café, só foi se aborrecer quando os vizinhos começaram a espiar pela janela.

Fernando enfim se cala; num silêncio satisfeito, ele se recosta e observa o sol cair por trás das casas. Rute ainda olha para mim, o café abandonado sobre o colo. Eu agarro as mãos dela, geladas apesar do calor da tarde; as unhas feitas, cortadas bem curtas e sem esmalte, como nos tempos em que ela trabalhava no hospital. Rute, eu chamo, quinze anos é muito tempo, Rute, ela me olha e não fala nada, as mãos inertes dentro das minhas. Teresa começa a se levantar, dá um suspiro e explica que há dias assim, dias em que Rute não consegue se conectar. Às vezes, o excesso de estímulos é contraproducente, melhor voltar outro dia, ela está mesmo é nos dizendo para ir embora, não é tão santa como eu pensei. Agarro os dedos de Rute, suplico, quinze anos, Rute, você sabe por que eu vim. Ela não diz nada, quinze anos atrás ela se levantou do sofá e me deu uma bofetada, o braço fez um ângulo de quarenta e cinco graus, atingiu a xícara de prata, o café quente manchando o estofado. Você é muito esperta, não é, ela perguntava enquanto eu rebatia seus golpes fracos, muito correta, não é, Isabel? Eu continuava gritando, ela me estapeava os braços e o pescoço, você se acha melhor do que eu, não é, Isabel? Ela nunca havia me batido antes, era estranho estar em contato com o corpo dela daquela forma, tão próxima. Eu me esgoelava, ela puxou os meus cabelos e então falou, sua mãe não te queria, Isabel, ela queria abortar, se não fosse por mim você estaria morta, Isabel.

Isso faz quinze anos. Eu me esgoelando e gritando mentira, ela arranhando a minha bochecha, eu arranquei a sua mãe de uma dessas clínicas, Isabel, você preferia que eu não tivesse feito nada? Foi aí que eu me calei, os olhos ardendo, esperando que ela dissesse alguma coisa, ela apenas começou a catar as xícaras do chão, as de prata brilhante que ela guardava para as visitas. Eu peguei a mochila e disse que nunca mais ela veria a minha cara na vida, ela gritando de volta, os vizinhos todos assistindo da janela e achando tudo um espetáculo, eu repetindo na minha cabeça que era mentira. Por quinze anos eu venho repetindo na minha cabeça que era mentira e agora eu preciso saber. As mãos dela dentro das minhas, eu sussurro, era mentira, não era, Rute, ela nem pisca, não se move nem um milímetro. Talvez Teresa esteja certa, Rute olha para mim e provavelmente vê outra coisa, a minha mãe, talvez, a verdadeira filha dela.

Eu tinha doze anos de recordações da minha mãe, doze anos. Mas depois daquele dia, era como se não tivesse nada. Rute estava sempre espreitando naquelas memórias, passou a ser difícil ver o rosto da minha mãe sem ver também o dela, eram às vezes o mesmo rosto, um em cima do outro, duas mulheres a quem eu havia sido imposta. Naquele dia, Rute me roubou doze anos de recordações, me roubou a firmeza dos pés, era impossível viver com uma dúvida daquelas, impossível, por isso eu tinha vindo. E agora Fernando diz que precisamos ir embora, ainda temos que pegar estrada, Fernando é destas pessoas cuja maior preocupação na vida é evitar um engarrafamento. Eu solto as mãos de Rute e me levanto com um cansaço imenso, um cansaço antigo, familiar como um velho casaco. Rute se esconde por trás da demência, mas sei que ela sabe, ela sabe a verdade e nunca vai me dizer; vai me punir até o túmulo pela morte da minha mãe, pelas acusações que fiz, pelos vizinhos. Vai levar a verdade consigo para o túmulo, ela é assim, eu a conheço bem.

Mas ela deve ter visto algo no meu rosto porque, quando Fernando se aproxima para se despedir, ela pega as nossas mãos e sorri — não o meio-sorriso de antes, um sorriso inteiro, mostrando a ponta da língua. Ela sorri e diz alguma coisa, não consigo escutar, meu coração está se debatendo dentro do peito, o que foi, Rute? E ela, sorrindo, repete, como é bom viver, não é, Isabel? Como é bom ser jovem, casar com um moço, ter filhos, quem sabe... Eu tento puxar o braço, ela segura com firmeza, seus dedos se fechando em garra ao redor do meu pulso. Como é boa a vida, não é, Isabel? Como é bom ter nascido, não é? Fernando não entende por que eu estou chorando, Teresa está longe demais para evitar que eu me arremesse sobre Rute, derrubando-a da cadeira, ela me estapeia com força surpreendente, eu puxo os cabelos dela e grito que ela é um monstro, que não vejo a hora de enterrá-la, eu grito quinze anos de obscenidades na cara dela, grito até que Fernando me contém e nos separa. Puxo o braço dele para longe, esbravejando que ela é uma mentirosa, que irá morrer sozinha, que nunca mais eu colocaria os pés naquela casa.

Ela, ainda do chão, esbravejando que eu nunca mais pusesse os pés na casa dela.

ESPIRAL

~~não chegue tarde em casa querer não é poder~~ *tira isso da boca menina*

Eu gostava quando a minha mãe dizia: caiu o cacau. Assim a comida saía sem ter entrado de verdade na boca dela, porque cair o cacau significa uma chuva violenta, um temporal assustador, mas o que eu visualizava mesmo era a polpa doce dos cacaus amarelos que o meu pai trazia da feira e a minha mãe nunca comia. Ou melhor, comia, mas não como a gente: a minha mãe tinha um jeito próprio de comer as coisas. Ela disse que iria cair o cacau naquele dia e o meu pai resmungou que ela estava inventando desculpas, que eu precisava de contato com os meus avós, nem tudo é sobre você, Cláudia. Mamãe então levantou o celular com a previsão do tempo, os raiozinhos furiosos saindo da bunda das nuvens, mas era só olhar pela janela para comprovar que o cacau não tinha caído, que nenhum cacau cairia tão cedo, então papai se julgou vitorioso e dirigiu satisfeito os quarenta minutos até o clube. O meu pai jura até hoje que cacau é a fruta preferida da minha mãe.

Quando chegamos, a minha avó Lete estava esperando na mesa à beira da piscina com uma porção de queijo coalho. O meu pai costumava dizer que não fazia mal aceitar os convites para o clube, os presentes, as ofertas da minha avó para pagar a minha escola ou o conserto do nosso carro, porque vovó *tinha condição*. A vó Lete podia pagar por um monte de coisas, diferente de mamãe, que vivia quebrada, e tudo porque ela não tinha virado médica como a minha avó queria e em vez disso pintava quadros num quiosque dentro de um supermercado. O resultado de ter condição era que a minha avó nem precisou olhar o cardápio para pedir mais duas porções de queijo assim que nos viu, e meu avô Juca nem perguntou o preço antes de mandar trazer um novo balde de cerveja. O meu outro avô, Naldo, acenou da piscina e continuou dando braçadas de uma ponta a outra, antes que mais crianças chegassem e começassem a despencar do tobogã. O clube ficava perto do mar, mas sem acesso direto, então o tobogã era o melhor que conseguíamos por ali, mesmo que, aos onze anos, eu estivesse ficando grande demais para os tubos de plástico azul.

A primeira coisa que se notava na vó Lete era o quanto ela era elegante. Ela sempre me abraçava sem tocar realmente nas minhas costas, aproximando as nossas bochechas e estalando um beijo na altura do meu ouvido. Tinha sido Miss Camacan na adolescência e ainda andava como se tivesse uma vassoura no lugar da espinha e equilibrasse um livro no topo da cabeça. Uma vez ela tentou me ensinar a andar daquele jeito, mas não deu certo por causa do problema nas minhas pernas; tenho uma coisa chamada joelho valgo, que arruinou quaisquer chances de que eu brilhasse nas passarelas. A minha avó sugeriu uma cirurgia, mas a minha mãe foi contra, então andei um pouco torta a vida toda. Pensando bem, o joelho também me impediu de virar uma nadadora competente e, talvez por isso, eu desaguasse com tanto estardalhaço do tobogã enquanto as outras meninas pareciam deslizar como foguetes; mas aos onze anos eu achava que explodir na piscina após voltas e voltas nos tubos azuis com cheiro de cloro era uma espécie de habilidade.

A minha mãe nunca abraçava a minha avó. Naquele dia, ela acenou de longe, oi, mãe, deu a volta na mesa e sentou ao lado do meu avô. Mamãe chamava tanto o meu avô Juca quanto o meu avô Naldo de pai, o que me confundia às vezes nas conversas em casa, mas ao vivo era fácil perceber que vô Juca era o pai biológico dela, porque eles exibiam os mesmos olhos grandes e os mesmos lábios cheios. O meu avô Naldo tinha chegado depois, quando a minha mãe fez seis anos. Os meus avós eram casados desde a faculdade, mas conheceram vô Naldo no trabalho e desde então eu tinha uma avó e dois avôs, todos por parte de mãe, o que era meio cansativo de explicar para as pessoas — eu podia jurar que muitas fingiam não entender de propósito apenas para me fazer repetir a história toda. De todo modo, devia ser legal ter uma segunda companhia: quando a minha mãe não queria fazer alguma coisa, nós simplesmente não fazíamos, já que ela não gostava de ficar sozinha.

Logo o garçom trouxe o queijo na brasa e eu e meu pai nos revezamos numa disputa silenciosa para ver quem comia mais, o mais rápido possível, sem engasgar. A minha avó perguntava à minha mãe sobre as pinturas, se enfim estavam expostas em alguma galeria, ou num portfólio que pudessem mostrar aos amigos, mas a minha mãe insistiu que o processo criativo dela não funcionava assim, que preferia trabalhar com fluxos naturais, e então a minha avó soltou um muxoxo. As duas se entreolharam e dava pra perceber que elas achavam saber exatamente o que a outra estava pensando.

A minha avó tinha esfarelado um cubo inteiro de queijo e espalhado pelo prato; quando ficou claro que ela não iria comer aquilo, perguntei se podia ficar com os pedacinhos e fui catando tudo com a ponta dos dedos. A minha mãe não gostava de queijo coalho, mas aceitou uma água de coco, só que ela também não tinha dado nem dois goles quando levantou e anunciou que passaria protetor nas minhas costas. Nós já tínhamos esparramado protetor pelo corpo inteiro antes mesmo de sair de casa, mas eu não disse nada enquanto ela esguichava o creme branco na palma da mão e ia apertando com força contra a minha pele; a minha avó foi obrigada a fechar a boca bem na hora em que estava listando uma série de pessoas que poderiam ajudar na carreira da minha mãe, inserindo-a em feiras e eventos artísticos. Eu já sabia o que vinha em seguida, então, assim que a minha mãe terminou, fui correndo para a piscina. Vô Naldo alongava as canelas debaixo d'água e se empurrou para fora logo que eu comecei a descer as escadas. Ele não gostava muito de crianças.

O meu professor de natação costumava dizer, citando um filme, que sempre estamos por conta própria na água; eu bati as pernas para lembrar que ainda sabia como não me afogar e avancei até a parte mais funda da piscina. A cada vez que vinha ali, eu comprovava com orgulho estar um pouco mais perto de conseguir tocar os azulejos do piso e ainda assim manter a cabeça inteira acima da superfície. Comecei a desfilar sozinha na ponta dos pés, a água ameaçando entrar pelo meu nariz, e era tão fácil dar passos delicados debaixo d'água porque, com as pernas submersas, os joelhos não importavam. Meu cabelo se espalhava atrás de mim como o de uma sereia, mais liso do que nunca, tudo que eu precisava fazer era evitar que secasse até chegar em casa, onde eu teria um pote inteiro de Kolene à disposição para desfazer os nós. Fiquei ali boiando e pensando que a vida era boa até a minha mãe aparecer.

— O tobogã não vai abrir?

Lembrei a ela que o tobogã só abria às dez, o que me parecia um pouco tarde, porque lá pelas duas o rapazinho de uniforme precisava almoçar e nos mandava dar o fora. Ficar na fila, subir os degraus molhados, espiralar e dar uma pancada na água, às vezes de bunda, às vezes com as duas pernas. Depois repetir, o sol lascando a cabeça, pulando na pedra quente repleta de poças. Fila, degraus, plástico azul. Às vezes a piscina ainda estava morna porque uma das crianças tinha ficado com medo e feito xixi; era impossível saber até cair com tudo no meio daquilo. Mas como eu nunca vinha ao clube, a não ser nas raras vezes em que mamãe aceitava o convite da minha avó, não ia ficar reclamando de um tobogã por causa de um detalhe desses.

Nenhuma das outras mães fazia a pose de mamãe para entrar na água: primeiro, ela sentava na borda, balançando os pés na piscina para se acostumar com a temperatura. Então afundava só até o quadril, os fios presos numa trança, o que eu nunca entendi, já que ela tinha cabelo de sereia mesmo fora d'água, mesmo se estivesse seco. Quando ela finalmente entrou o suficiente para molhar a cintura, eu já estava ali ao lado, na parte rasa que costumava evitar para não me acharem uma criancinha. A minha avó esbravejava da mesa que mamãe ainda iria matá-la de desgosto, mas seus olhos brilhavam ao acuar papai na cadeira e colocar um dedo em riste na cara dele. Mamãe enfim sorriu, servia bem a papai por ser tão cabeça-dura, e então entendi que era o momento em que devíamos rir de papai, de vovó, daquelas preocupações todas, e aproveitar o dia. Eu gostava daquela versão de mamãe: alegre, um pouco cínica, fazendo o que desse na telha. Ela fez piada sobre as cobranças da minha avó, imitou as respostas de papai, a cara que ele fazia quando não sabia o que dizer. Olhei para a mesa e lá estava o meu pai com aquela exata expressão desmilinguida. Fiquei morrendo de raiva dele por não defender a minha mãe.

Tenho certeza de que estou exagerando quando lembro a forma graciosa com que mamãe mergulhava para puxar os meus pés, depois nadava até uma das extremidades da piscina. Existem alguns movimentos perfeitos na vida e esse era um deles: o corpo dela ondulando feito arraia com o rabo-serpente, os olhos bem abertos como se não ligassem para a ardência do cloro. Tínhamos quase a mesma altura, o que me fazia sentir muito adulta, e girávamos, agarrando os calcanhares uma da outra — ganhava pontos quem subisse primeiro. Devíamos parecer dançarinas siamesas porque logo alguns rapazes que jogavam cinco toques começaram a olhar para nós, e um deles nos chamou para jogar também, embora fossem muito mais velhos do que eu. Concordamos em participar somente por algumas rodadas, e um dos garotos chegou a sorrir para mim, o que nunca tinha acontecido antes, até onde eu me lembrava. Comecei a querer que ele visse o quanto eu era boa naquilo, porque tinha muita prática no baleado, que não era um jogo tão diferente assim, já que o importante mesmo era acertar alguém antes que me acertassem de volta. Fiz um esforço para encaixar todos os passes e me saí tão bem quanto qualquer um deles — foi maravilhoso. Eu tinha certeza de que o garoto estava a ponto de me dizer alguma coisa quando mamãe me puxou e apontou para as crianças que começaram a formar a fila do tobogã.

— Desculpem queridos, é a nossa deixa, ela adora esse tobogã...

Eu disse que não fazia tanta questão assim, que poderíamos jogar mais um pouco, mas mamãe já estava nadando em direção às escadas e não tive outra opção além de segui-la. Tentei sair da piscina devagar, fazendo pose, caso alguém estivesse me observando, mas quando olhei para trás os garotos já tinham convidado outras pessoas e retomado a partida. Parei atrás de mamãe na fila que agora começava a se curvar na direção dos banheiros; os únicos outros adultos ali estavam acompanhando as crianças menores, mas mamãe parecia tão animada que não tive coragem de dizer a ela que preferia esperar sozinha. Ao nosso redor o verão zunia com pequenos mosquitos, conversas e risadas, além da música saindo das caixas de som; a fila avançava rápido, os gritinhos sendo engolidos pelo tubo azul assim que a criança da vez escorregava para dentro e, às vezes, a mãe ou o pai entrava na piscina para aguardar na saída do tobogã, com os braços abertos. Eu ficava torcendo para levarem uma pancada quando a criança descia rápido demais, mas isso quase nunca acontecia.

A melhor parte de ser uma sereia não era o cabelo ou o nado impecável, mas a facilidade com que as pessoas eram tapeadas por qualquer coisa que saísse da sua boca — com mamãe era assim. Quando nos aproximamos da entrada do tobogã e do funcionário que controlava a subida, ela sorriu e o puxou de lado para explicar que eu tinha ansiedade crônica, que morria de medo de descer sozinha, e que poderia muito bem ter uma crise, a não ser que ela me acompanhasse, pelo menos da primeira vez. Ele começou a argumentar, a faixa etária era até doze anos, mas será que ele não poderia abrir uma exceção? O rapaz olhou para mim, e de volta para a minha mãe, para nossos maiôs idênticos, e para o tamanho do corpo dela, apenas um pouco maior do que o meu. Mamãe sorriu de novo e dava para ver pela seriedade no rosto dele que em nenhum momento duvidou daquela historinha que ela tinha contado. Ele ainda tentou alcançar o supervisor pelo walkie-talkie, as crianças atrás choramingando pela demora, mas papai sempre dizia que a minha mãe era carne de pescoço quando queria alguma coisa, e realmente ela continuou parada no meio do caminho, sorrindo e se desculpando, até o rapaz desistir e nos deixar passar. Assim que nos distanciamos um pouco, mamãe se inclinou sobre o meu ouvido e sussurrou *sim salabim*, que também era o que ela me dizia baixinho sempre que vendia uma das telas.

Subimos os degraus em caracol, eu bem agarrada ao corrimão por causa dos joelhos, enquanto mamãe seguia à minha frente perguntando se eu achava que ela ainda caberia no tobogã. Respondi que sem dúvida caberia com mais folga até do que da última vez. Lá de cima pudemos ver o clube inteiro, as mesas brancas debaixo dos guarda-sóis, os muros cheios de propagandas e, mais adiante, a mata e o mar, um pouco escondido pelos redemoinhos de salitre. Mamãe hesitou na boca do tubo, colocando primeiro os braços, como se fosse descer de cabeça, depois voltando para sentar com as pernas esticadas, gritando por cima do vento que não tinha certeza se estava fazendo aquilo do jeito certo. Eu sabia que ela não estava realmente confusa, mas corrigi seus ombros e disse que mantivesse as mãos junto ao peito, embora o tobogã nem fosse tão rápido assim. Ela escorregou o quadril pela borda e riu, eufórica, quando seu corpo deslizou sem esforço sobre a corrente, com uns bons palmos de folga de cada uma das paredes do tobogã, coisa que mesmo eu quase não conseguia a uma altura daquelas. Era impressionante e também um pouco assustador.

Quando voltamos para a mesa, eu já tinha descido umas dez vezes, sentia as costas ardendo e uma fome danada. Papai e os meus avôs conversavam sobre política enquanto vovó se abanava com um leque e insistia que os políticos eram todos iguais, que neste país não havia direita, nem esquerda, nem centro de verdade, mas uma massa uniforme de aproveitadores e sanguessugas. Papai mudava de opinião a cada cinco minutos, ora acenando enquanto vô Juca falava de alguns projetos, ora concordando com a minha avó que o país estava perdido, e discretamente piscava para mamãe. Ela me contou uma vez que tinha decidido largar a faculdade de Artes ao conhecer papai, para poder mudar de estado quando o trabalho dele determinasse, e também porque, segundo ela, poderia pintar de qualquer lugar. A minha vó perguntou se ela iria mesmo largar a faculdade por causa desse homem que você conhece há dois minutos, e mamãe riu e respondeu é, pelo jeito vou sim. Foi aí que ela decidiu se casar com papai, de modo que a vó Lete teve mais influência naquele romance do que imaginava.

Tomei um monte de água de coco, ainda intacta no jarro e, depois de algum tempo de conversa fiada, a minha avó começou a falar que se preocupava com o meu futuro, as muitas mudanças de estado poderiam me prejudicar na escola e, às vezes, os filhos acabavam pagando pelos sonhos dos pais. Mamãe levantou rapidinho, perguntando se eu não queria ir até a baiana de acarajé no piso de baixo, embora ela sempre reclamasse que o acarajé do clube custava o dobro de um perto de casa. A minha avó olhou torto porque ninguém mais na mesa gostava de acarajé; mesmo assim, mamãe começou a tirar as nossas cangas da bolsa, só que por engano acabou colocando a minha, que enganchou no osso do quadril e, por um instante, achei que ela fosse gritar enquanto tentava se espremer para dentro da canga esticada ao máximo no meio das pernas. Expliquei a ela que estava com a canga errada, e ela não me respondeu, mas deixou o tecido escorregar pelos joelhos, os joelhos perfeitos que não eram valgos, e falei que a canga dela era muito mais bonita, que queria uma igualzinha, a minha canga ficava completamente apagada perto da dela. Pensei a certo ponto que mamãe fosse sair somente de maiô e desafiar a regra do clube de não circular em traje de banho fora da área de piscina, mas afinal ela pegou a própria canga, amarrando com um nó atrás do pescoço, e me puxou em direção às escadarias.

O cheiro do dendê perfumava todo o primeiro andar. Atravessamos as lojinhas de biquínis e bibelôs, o pátio repleto de mesas de sinuca, até o ponto da baiana, já próximo às quadras de tênis. Não havia fila, então mamãe foi direto para a moça no caixa e pediu dez acarajés completos, com camarão. A baiana foi montando os papelotes, distraída e apressada, mas mamãe fez questão de dizer que eram para uma reunião de família, que estávamos em mais de vinte pessoas, todas loucas por um vatapá, será que ela podia caprichar no recheio? Depois se virou para o casal atrás de nós e comentou que aquele acarajé era maravilhoso, que vinha ao clube com a família inteira só para comer ali, mais de vinte pessoas esperando ansiosas lá na piscina. O casal sorriu, mamãe se deu por satisfeita e apanhou a sacola com os acarajés empilhados uns sobre os outros sem maiores preocupações, com montes de guardanapo por cima. Seguimos pela grama e demos a volta nas quadras, até uma parte mais afastada, onde sentamos atrás da parede de um dos quiosques.

    Quando a minha mãe entra na disputa da comida, não tem pra ninguém. Ela abriu a sacola e eu sabia que precisava mastigar rápido, antes de ela acabar com tudo, mas não consegui passar do segundo acarajé, e fiquei observando enquanto ela enchia as bochechas, os lábios brilhantes e amarelos. Eu sempre ficava embasbacada com a quantidade que ela conseguia comer quando se decidia, e admirei a concentração em seu rosto ao apanhar cada acarajé, raspando a língua nos últimos cubinhos de vinagrete grudados no papelote, depois avançando pela pilha a uma velocidade inacreditável, como se nem sentisse o gosto de nada, como uma mulher numa missão. Ela não levou nem vinte minutos para devorar aquilo tudo, o que devia ser um novo recorde. Começamos a colocar os guardanapos sujos dentro da sacola e pensei que, se corresse, ainda teria tempo para uma última descida no tobogã antes do horário de encerramento, mas eu sabia que não havíamos terminado por ali. Levantamos e fomos direto para o banheiro, onde mamãe entrou na última cabine e fechou a porta. Eu ainda não conseguia fazer aquela parte, então somente esperei ao lado das pias, pronta a explicar que mamãe estava passando mal para qualquer pessoa que entrasse, mesmo se não perguntassem nada. Pode parecer uma rotina difícil, mas na verdade tudo que você precisa para começar é de uma pequena, boa mentira.

Naquele dia, demos sorte: do lado de fora, os primeiros pingos de chuva, no telhado de zinco, abafaram com sucesso as tosses molhadas e cavernosas de mamãe.

A ESPERA

~~quer me matar do coração você me respeite quebra mesmo não foi você que pagou~~ não fez mais do que
a sua obrigação

Mamãe disse que a comida estava quente; tinha ainda aquela mania de comer com os dedos quando estávamos a sós. Por sobre a bancada da cozinha, eu a vi apertar os grãos de arroz com força, até transformá-los numa massa lisa, depois empurrar o prato para o lado. Seu silêncio me desafiava a dizer alguma coisa — eu não disse. Lavei o que sobrava das panelas enquanto ouvíamos as fracas canções da rádio, a que tocava as músicas antigas e lamuriosas dos tempos dela de menina, na casa de fazenda.

Sentei, vamos almoçar juntas então, mamãe, e coloquei o prato novamente diante de suas mãos. Preferia quando ela comia antes — o ritual que tinha de empapar a comida, misturando tudo e rasgando com as unhas e os dentes, me enojava. Ainda assim, em momentos como aquele, vendo-a curvada, o tronco frágil tão desbotado quanto o vestido, deparava-me com o fato de que provavelmente não a teria por muito tempo.

Afastei seus cabelos dos olhos, perguntei se queria algo para beber, se a refeição estava do seu agrado.

— Está fria — falou, os lábios franzidos. Depois, como eu não respondesse, continuou: — A Rita disse quando vinha?

Sabíamos as duas que ela não viria. De todo modo, tinha ficado de aparecer para o café, repeti. Mamãe teceu o tradicional comentário de que, quando éramos crianças, Rita sempre fora imprevisível, será que eu me lembrava de quando ela chamou o vizinho para brincar de esconde-esconde e largou a brincadeira no meio, de que o garoto ficou espremido dentro de um baú por quatro horas? Eu confirmei que lembrava, ela riu, balançando a cabeça e contando, eu também era volúvel assim quando era moça, somos iguaizinhas, sem tirar nem pôr...

Ajudei-a a se levantar e tentei lhe entregar a bengala; ela esbofeteou meus braços, empurrando-se pelo corredor com os dedos sujos deslizando pelas paredes. Durante o seu cochilo da tarde, eu podia finalmente terminar as tarefas de casa e trabalhar um pouco. O projeto do design da sala comercial na rua Chile já estava quase finalizado, mas pedia alguns retoques. Absorvida por aqueles aperfeiçoamentos, não vi as horas passarem; quando dei por mim, o sol se punha. Corri para tirar as roupas do varal e esquentar a água. Ao abrir a porta do quarto de mamãe, encontrei-a já de pé, muito arrumada dentro de um vestido vermelho ainda vibrante, o de golas e punhos de renda reservado para os domingos. Aproximei-me para pegar seu braço, cheirava a lavanda e a sabonete. Eu hesitei, então escovei rapidamente o cabelo e passei um pouco de batom, nada que ficasse muito evidente.

Forrei a mesa com uma toalha sem manchas, trouxe o café, os pães e os biscoitos. Olhando a pobre composição, pensei que talvez devesse ter feito também um bolo, mas agora era tarde. Esperamos, primeiro conversando banalidades, depois em silêncio. Chequei o celular, mamãe murmurou alguma coisa sobre o trânsito. Ao cabo de uma hora, levantei, melhor fazer outro café, mamãe, que este esfriou. Ela não disse nada.

O aroma perfumado dos grãos preencheu a sala. Liguei o rádio, a voz de Gal Costa embolou-se ao tilintar das xícaras quando despejei o café espumante na porcelana portuguesa que fora de meus avós. Perguntei a mamãe se queria leite, ela balançou a cabeça bruscamente e bebeu, abandonando a xícara após o primeiro gole.

— A Rita é quem sabe fazer o café do jeito que eu gosto.

IKTSUARPOK

~~já comeu alguma coisa isso é hora de estar~~
~~acordado dê um beijo na titia~~ dê um abraço no seu
irmão

Sentada no ônibus, morrendo de calor enquanto devorava uma coxinha massuda, eu me dei conta, tarde demais, de que não trouxemos o gato. Aquilo só passou na minha cabeça naquele momento e então virou uma questão fundamental, inevitável: como foi que esquecemos o gato? Deixei de lado o salgado gorduroso que segurava com as duas mãos, uma monstruosidade que seria almoço e jantar até chegarmos à capital. Ao lado, meu irmão, Caíque, dormia, a cabeça encostada no vidro, e cheguei a sacudi-lo para falar sobre o gato, sobre o fato inconcebível de o termos esquecido, mas ele estava tão exausto que nem abriu os olhos. Puta merda. Passei as horas seguintes olhando pela janela, esperando de alguma forma o gato se materializar no meio da estrada, elegante e arisco como no dia em que o encontrei. A paisagem verdinha deslizava colada à estrada, bonita que só, as cidades com nomes inteiros nas placas, sem nenhuma letra faltando, mas nem prestei muita atenção. Como diabos nos esquecemos do gato?

Caíque somente acordou quando chegamos à rodoviária, de manhãzinha; ele deve ter piscado um par de vezes antes de eu dizer que precisávamos voltar.

— Tá louca? Não podemos voltar de jeito nenhum.

Depois me puxou até a saída, nós também não tínhamos trazido bagagem. Paramos no meio da plataforma central, fazia o maior calorão e o amigo de Caíque ainda não havia chegado para nos buscar; só foi aparecer quase duas horas depois, completamente chapado. Isso me fez sentir um pouquinho melhor, àquela altura eu já queria voltar para casa, sentia saudades do gato e uma culpa danada, mas o homem sorria tanto e parecia tão relaxado que pela primeira vez eu pensei que as coisas poderiam ser melhores naquela cidade.

— Cadê as malas?

Explicamos que partimos com a roupa do corpo e ele achou aquilo divertidíssimo, gesticulou para entrarmos logo no carro, o estacionamento passava a cobrar depois de cinco minutos. Caíque sentou e tentou um abraço descoordenado, os braços cheios de cotovelos bateram no para-brisa e recuaram, o amigo riu e apertou seu joelho. A rádio tocava alguma coisa em espanhol, meu irmão mal conseguia encaixar uma ou duas frases em meio à música e ao falatório do cara; voltei a pensar no gato enquanto os prédios passavam aquarelados e sujos pela janela, mas tirando isso a cidade parecia boa o suficiente — seria fácil desaparecer numa metrópole daquele tamanho, com tantas esquinas escuras. Paramos na mais escura de todas, um beco com cheiro de mijo, e o homem nos disse para descer.

Antes de subirmos as escadas, ele se virou para mim e falou:

— Quer ganhar um troquinho, meu bem?

Eu fiz que sim, não nos sobrava quase dinheiro nenhum. Ele colocou algumas notas de dez na minha mão e me apontou a farmácia do outro lado da rua: não queria a marca do governo, somente Olla, aquelas no pacotinho dourado. Olhei para Caíque, ele deu de ombros, é só camisinha, não era como se eu estivesse indo comprar alguma coisa ilegal. Então cruzei a avenida e senti um alívio enorme ao entrar naquele ambiente gelado, com cheiro de desinfetante de uva. Cem reais, aparentemente, compravam dez pacotinhos, o caixa me ofereceu um desconto de três por cento pelo pagamento à vista e me desejou um ótimo dia.

A segunda vez que eu apareci tinha quase quinhentos reais em notas de vinte e o caixa me olhou bem demorado, sem sorrir; foi passando os códigos de barras das embalagens uma a uma, em vez de apenas alterar a quantidade na registradora, o tempo todo encarando o meu nariz à espera de que alguma explicação saísse dali. Coisas assim me faziam pensar que percorremos os mais de mil quilômetros desde Formosa para nada: tanto aqui como lá as pessoas queriam meter o dedo na sua vida, mas ninguém estava disposto a se envolver de verdade. Se pudessem, cairiam duros toda vez que alguém perguntasse — ei, pode me dar uma mãozinha?

Estávamos há dois meses na casa de Uri. U-ri, como uma bifurcação. Caíque costumava dizer que Uri nos ajudava muito, e quando chupava o baseado chegava a sussurrar que Uri salvou a gente, a porra da nossa vida, tá ligado? Mas não era bem assim. É verdade que de vez em quando ele trazia as sobras das entregas do almoço, mas na maior parte das vezes que eu caminhava até o ponto, se esticasse o pescoço por cima do viaduto, podia vê-lo dormindo com os outros motoqueiros, as cabeças enfiadas nas caixas vermelhas do aplicativo de delivery. A cidade era aquilo: um monte de cozinhas industriais improvisadas e linhas e linhas de entregadores esgotados com as cabeças cheirando a macarrão. De dia, Uri circulava por aqueles cantos parecendo um zumbi. De noite, era outra coisa.

Eu devia estar estudando, mas, como era menor de idade e Caíque não tinha a minha guarda, decidimos evitar chamar a atenção; eu não assinava nem cartela de rifa com medo de nos descobrirem. Depois, principalmente quando estava chapada, eu tinha certeza de que ninguém dava a mínima para o que quer que eu estivesse fazendo, mas era só pegar a caneta que eu mudava de ideia rapidinho. Quando precisava mesmo, eu assinava como Joana Cintra, que era o nome de uma colega linda que tive, uma vingança por ela parecer sempre tão feliz durante a porcaria da aula. Joana Cintra limpando sanitários, ajoelhando no desinfetante com mãos de borracha, não era engraçado? Queria ver ser feliz assim, dando descarga na merda dos outros. Mas se alguém conseguisse, seria ela.

Quem me arranjou o emprego foi Uri, logo quando a gente chegou. Ali eu não precisava assinar nada além da frequência, podia até mudar de nome toda semana que ninguém notaria. Era péssimo esfregar aqueles mictórios nojentos, mas eu precisava ganhar dinheiro de alguma forma, e aquilo ainda era melhor do que a alternativa. Nem passou pela cabeça de Uri nos sustentar, não importa o que Caíque dissesse — no primeiro dia já soubemos que teríamos que nos virar, mesmo eu estando meio deprimida por causa do gato, preocupada se ele teria se machucado. Caíque insistia que gato nenhum entraria numa casa em chamas, que teria fugido e a uma altura dessas estaria lá no Amazonas, mas ele não conhecia o bicho como eu. Queimando ou não, era a casa dele, a casa da gente sempre nos puxa de volta e é impossível não ceder, mais cedo ou mais tarde.

O que mais me incomodava era que em nenhum momento, nem antes do fogo nem depois, o gato cruzou a minha mente. Só fui lembrar no dia seguinte, no meio da estrada, entupindo a barriga de coxinha. Como esquecemos o gato, como? Caíque não ligou tanto assim, o gato não era dele, eu que o encontrei parado igual a uma assombração em cima da pia. Tomei um susto daqueles. A casa não era um exemplo de ordem, nem de limpeza, mas não havia bichos ali, ratos, nada do gênero. Então de onde o gato surgiu? Estava muito bem tratado para ter vivido na rua, o pelo longo e macio, dava pra afundar os dedos nele como se fosse uma nuvem. Tive medo de perguntar pelo bairro e alguém tomá-lo de volta, por isso somente deixava uns pedaços moles de peixe esperando e ele sempre aparecia para comer. O pai no início reclamava do fedor na cozinha, dos peixes apodrecendo debaixo do sol, mais tarde se acostumou.

O estabelecimento em que eu trabalhava pagava mal, mas não fazia perguntas. Não era bem um motel — tratava-se de um bar com alguns quartos apertados no andar de cima. Eu chegava, trocava de roupa no vestiário imundo e apanhava o carrinho com o esfregão e os produtos vencidos, com rótulos desbotados. A garota da manhã, Jéssica, era uma pilantra que sempre deixava o pior para mim, dizendo que tudo tinha ficado sujo depois do horário dela, embora todo mundo soubesse que as manhãs concentravam o verdadeiro trabalho porque era quando a maioria dos clientes saía dos quartos. Talvez eu devesse ter reclamado, mas para ser honesta já estava acostumada com o que encontrava naqueles banheiros, acostumada a sentir nojo, quero dizer, e o fato é que minha agenda vivia desocupada. Quando eu pensava na semana pela metade, e nas semanas seguintes, enfileiradas feito dominós, sentia uma coisa estranha, como se me aproximasse a toda velocidade de um abismo sem fim. Tem horas que parece grande demais a vida da gente.

Ao acabar o turno, eu passava no restaurante onde Caíque fritava batatas. Era um daqueles lugares cheios de frutas na frente, coloridas e frescas, e você nem percebia o cheiro rançoso da gordura até já estar sentado e uma moça bonita perguntar se podia recomendar o especial do dia. Alerta de *spoiler*: todos os especiais acompanhavam batata frita, além de uma saladinha murcha e ácida. Primeiro eu achei que Caíque estava mentindo quando disse que cortava e fritava batatas das nove às seis, depois vi que era verdade; sempre que eu chegava, não importava o horário, ele estava esquentando o umbigo na borda dos tanques escuros de óleo, afundando e puxando a grade de batatas, afundando e puxando. Ele brincava dizendo que se o espremessem sairia uma garrafa inteira de Liza, mas eu podia ver que estava satisfeito em ter um trampo com carteira assinada, férias e tudo. Talvez, quando eu fizesse dezoito anos, também pudesse trabalhar ali, ser uma das meninas que acompanhavam os clientes até a mesa e estendiam os cardápios, fingindo não perceber enquanto eles olhavam a bunda delas.

Era Caíque quem pagava o grosso das nossas despesas, inclusive o aluguel do quarto no apartamento de Uri; eu podia ajudar mais, mas em vez disso reclamava que o bar não pagava direito, que ficavam com metade do meu salário sem motivo nenhum, e guardava o dinheiro num pote de margarina escondido no fundo do armário. À noite, depois de Uri sair, deitávamos no sofá, enrolávamos um baseado e nos lembrávamos de todas as coisas que havíamos perdido no fogo.

— Se você pudesse trazer uma coisa, uma coisinha só, o que seria?

Nós nos revezávamos na pergunta e nas respostas: às vezes, ele respondia que traria o relógio, ou seus gibis de ficção científica. Traria o maldito espremedor de laranjas, ele riu uma noite, porque espremer laranjas na mão é uma puta tortura. Já eu sempre dizia que traria o gato, não sabia como podia ter esquecido, como é que alguém esquece o próprio gato no meio de um incêndio? Daí eu começava a chorar e Caíque me abraçava, até que uma fome terrível nos forçava a caçar restos pela geladeira.

Eu também ganhava umas gorjetas trazendo as camisinhas de Uri e surrupiando parte do troco; alguns meses naquele apartamento e eu já havia mapeado todas as farmácias num raio de cinco quilômetros. Uri não acreditava em compras pela internet, não usava nem cartão de crédito — chegava em casa toda madrugada com o dinheiro embolado num elástico, que ele depositava embaixo do colchão quando achava que ninguém estava olhando. Eu comprava uma média de quarenta a cinquenta pacotes de camisinha por semana; uma vez, Uri comentou que vendia as embalagens para colegas desesperados que precisavam em cima da hora, mas eu acho mesmo que era ele quem usava aquela quantidade toda, por incrível que pareça. Uri tinha pavor de pegar uma doença qualquer, devia trocar de camisinha tanto quanto lavava as mãos, e ele lavava as mãos o tempo todo.

Não sei quando foi que Uri fez a cabeça de Caíque, embora em algumas ocasiões eu já tivesse visto os dois sussurrando na pequena varanda entulhada de plantas que dava para as janelas do outro lado do beco. Apenas, numa noite, saíram juntos, apesar de eu ter feito um escândalo, quebrando os poucos pratos da despensa, o que não serviu para nada, a não ser para me deixar o trabalho enorme de catar os cacos depois. Quase arranquei o pote de margarina do meio das roupas para dar a Caíque tudo que eu possuía, mas não iria adiantar, ele queria voltar a comprar os tênis, a corrente de ouro, talvez uma moto igual à de Uri. Eu já estava dormindo quando eles voltaram, mas acordei com o peso do corpo de Caíque pressionando o colchão da cama única que dividíamos, cheirando a sabonete. Acabei não aguentando e perguntei a ele como tinha sido, se ele estava bem.

— Foi parecido com o que o pai fazia, só que mais demorado...

Aquilo foi suficiente para me dar uma boa ideia de como as coisas correram.

De raiva, quase me recusei a continuar comprando as camisinhas. Uri não gostava de comprá-las pessoalmente porque uma vez deram uma surra nele bem na calçada da farmácia. Tinha sido assustador, ele contou, achou que fosse morrer. Uns homens do lado de fora o viram sair e o chamaram de veadinho, bicha de liquidação, algo do tipo, depois se encostaram à moto e não o deixaram dar a partida; esmurraram a cabeça dele e chutaram as costelas em cima dos paralelepípedos, a atendente da farmácia viu tudo pela vidraça e não moveu um dedo sequer. Ele podia comprar as camisinhas do outro lado da cidade, onde costumava fazer as entregas na hora do almoço, mas depois daquele episódio, Uri arranjava a desculpa que fosse para não precisar entrar numa farmácia; vinte dias internado no corredor de um hospital de subúrbio fazem isso com uma pessoa.

Eu disse a Caíque que o negócio todo era uma má ideia, que era perigoso, buzinava o dia inteiro no ouvido dele sobre como podia aparecer morto em alguma esquina pior do que a nossa. Cheguei a perguntar maldosamente se ele fazia aquilo por saudades do pai, mas ele deu de ombros, a verdade é que Caíque não se incomodava tanto com o pai quanto eu. Da primeira vez em que nos flagrou chorando, eu encolhida num canto da sala, o pai soluçando ainda mais alto à minha frente pedindo perdão, Caíque me levou ao banheiro para tomar uma ducha e disse que o segredo era esse: uma boa ducha, e contar até cem, nunca levava mais tempo que isso. Cem segundos e a vida seguia como sempre, um pote de sorvete e o filme de dinossauros, não era tão ruim quando a gente sabia que tinha um prazo para terminar. Qualquer um podia aguentar cem segundos, não importa do que fosse, não podia? E eu descobri que sim, no fim das contas, podia mesmo.

Talvez eu também sentisse um pouco de inveja por Caíque ter encontrado sua turma tão rápido, enquanto só me restava ele com quem conversar. Agora, apenas nos cruzávamos rapidamente no café da manhã e ao final da tarde, no trajeto de volta para casa. Os donos do restaurante não gostavam muito de me ver numa mesa de canto, esperando pelo meu irmão, mas eu pedia uma Coca-Cola e ninguém podia fazer nada a não ser me observar sugar o refrigerante feito uma lesma, fazendo um barulho molhado como se aquilo fosse a melhor coisa que eu já tivesse tomado na vida. Eu gostava de bisbilhotar em especial as garotas que trabalhavam na loja de maquiagem logo em frente: elas chegavam se equilibrando em saltos finos demais para aquelas calçadas, lenços presos ao redor do pescoço, então pediam um lanche e se atiravam sobre ele como leoas, quatro ou cinco mulheres elegantíssimas chupando o queijo dos guardanapos até rasgar o papel. Todas elas levantavam os olhos quando Caíque aparecia, sem a redinha de proteção, os cabelos dele caíam grossos e cheios ao redor das bochechas, e eu sentia uma pontada de orgulho por ser aquela que o acompanhava até a saída, ainda que às vezes o rosto dele me perturbasse, porque lembrava muito o rosto do pai.

De todo modo, era terrível passar as noites sozinha. É no silêncio que as memórias pegam você, sobem pela sua perna e de repente você tem vontade de arrancar a própria pele dos ossos. Eu enchia a casa com os ruídos vazios da televisão, indo e voltando até a varanda para ver se escutava a descarga da moto de Uri; foi numa dessas noites que descobri num documentário a palavra *iktsuarpok*, que era como os inuítes das regiões árticas descreviam a ansiedade de estar sempre à espera de alguém. Então era isso que eu sentia: *iktsuarpok*. Eu só dormia de verdade quando eles chegavam, por isso vivia cansada, a ponto de começar a receber reclamações no trabalho. Numa tarde, um cliente entrou no chuveiro e quase escorregou porque os azulejos ainda estavam cheios de lubrificante do horário anterior. Quis perguntar se ele achava que aquela era a espécie de estabelecimento que recebia avaliações no *Google*, mas fechei a boca e fui correndo limpar tudo com água sanitária. O cliente e a garota me esperaram terminar e, assim que saí no corredor, retomaram de onde tinham parado. Aquilo me fez pensar que eu não sabia que tipo de clientes Caíque atendia. Por algum motivo, esperava que fossem mulheres.

O fato é que, apesar das ausências no cotidiano, passamos a viver com mais folga: pedíamos comida no fim de semana, caixinhas inteiras de yakisoba nadando no shoyu, e bebíamos tanto refrigerante que não parávamos de arrotar por uma meia hora. Em alguns domingos, íamos ao parque, puxávamos um monte de beques e nos entupíamos de pastel com caldo de cana, enquanto as donas arrastavam os cães e as crianças para longe. A melhor coisa do parque era que as pessoas sempre levavam cachorros, nunca se via um gato por lá, e eu não precisava me lembrar de ter abandonado o meu em Formosa, à mercê do fogo e da fome. Corríamos aos tropeços quando os seguranças chegavam, rindo, porque tudo era tão engraçado, tão leve que, naqueles momentos, eu quase podia voar. Em casa, continuávamos fumando, uma vez que o isqueiro pifou, enrolamos um cordão de Bombril e enfiamos na tomada, era um truque que os amigos de Uri ensinaram a ele, daí bastava acender os baseados com a brasa percorrendo os fiozinhos de aço — mesmo se chamuscássemos a ponta dos dedos, era mais legal do que usar o fogão.

    Na noite em que a nossa casa pegou fogo, Caíque me mostrava, no quintal, como bolar fino para aproveitar bem o restinho da erva. Quando notamos as chamas, acendendo a cozinha feito um espetáculo de réveillon atrasado, tivemos uma vaga noção de que o fogo se resolveria de alguma forma, de que nada podia queimar assim, daquela maneira tão violenta, tão repentina. Os bombeiros deviam estar a caminho, alguém teria alertado, o pai estaria ligando nesse exato momento para o um-nove-três. Fumamos mais um baseado enquanto esperamos, mas não veio ninguém, não havia sirenes, o calor começava a ficar insuportável, a fumaça escapando pelas molduras das janelas e enchendo nossos olhos de lágrimas. Devia ser quase meia-noite, o bairro inteiro dormia, lembramos que o pai também estaria apagado, nocauteado pelas doses cavalares de Lexotan, e foi então que olhamos um para o outro e eu levantei e tranquei por fora todas as portas de casa.

Dizem que com o tempo a gente se acostuma com tudo, até mesmo com as piores lembranças. Eu às vezes dava com o meu próprio rosto em algum vidro na fila do supermercado, ou passando ao lado de um monte de carros parados no posto de abastecimento, e via uma expressão contente, ou pelo menos não miserável, e pensava como diabos eu tinha me esquecido do gato, como não me lembrei dele no meio do fogo, e como não estava sequer pensando nele até aquele momento, flagrada por mim mesma no ápice do esquecimento. Mas, aos poucos, fui desviando a vista desses espelhos; esquecer era fácil e, apesar de tudo, eu ainda tinha Caíque, ou algumas partes dele — a cada dia eu o perdia um pouquinho mais para as horas extras no restaurante e para o trabalho noturno, do qual ele chegava impregnado de outras pessoas. Vendo-o dormir a meu lado, eu era tomada por uma ternura imensa, insuportável. Tanta ternura que, numa semana em que estávamos especialmente distantes, abracei-o como o pai costumava fazer, envolvendo a cintura dele até meus dedos se entrecruzarem na frente — um abraço que era um pedaço de casa, a casa que sempre nos chama de volta. Então aproximei nossos lábios, porque o pai dizia que era assim que amávamos na nossa família, e eu achava que tinha esquecido, mas dentro de mim eu ainda lembrava. Caíque colou a testa na minha e falou que não precisávamos fazer aquilo, mas acabamos fazendo mesmo assim; durou exatos oitenta e sete segundos, debaixo do corpo dele, eu olhei para o teto repleto de manchas e contei.

Foi aí que eu soube que era mentira: com algumas coisas, a gente jamais se acostuma. E na manhã seguinte, eu arrancaria o pote de margarina do fundo do armário, rasgaria o colchão de Uri até encontrar cada uma daquelas notinhas, então compraria a maldita passagem para Formosa, e não importava o que me esperasse por lá, eu finalmente traria o meu gato de volta.

BANQUETE

> ~~eu disse talvez se você perguntar de novo a resposta é não vai ser assim e pronto~~ *se comporte como uma mocinha*

São duas, que se revezam ao redor do caixão.

Lúcia, a mais velha, tinha arranjado o espaço na sala, bem ali onde o pai costumava sentar aos domingos, nos almoços de família em que todos vestiam roupas quentes demais, afastando as moscas com os ombros para não interromper o festim sobre a carcaça de porco fumegante, destrinchada sobre a mesa. Ela, Lúcia, repondo os pratos e enlouquecendo com o estado da torneira na cozinha, que nunca fechava completamente — a torneira que todos os dias o pai prometia consertar e que, agora, permanece derramando minúsculas implosões sobre a cuba de ferro. Olha para o corpo seco do pai, murcho dentro do terno marrom, e aquele pingar incessante quase a faz trepar sobre o caixão para sacudi-lo, para colocar a chave de fenda entre seus dedos e ordenar que se levante, que vá até os armários e se ajoelhe uma última vez.

É Lúcia quem recebe os convidados para a vigília, quem arruma as saladas, os potes de sopa, as carnes frias em bandejas e as tantas outras vasilhas que os vizinhos trazem para enfrentar as horas. Ela os escuta por entre o gotejar da torneira, agradece, observa enquanto ao redor atacam a comida às garfadas, com uma voracidade que só se revela diante da morte; o espetáculo do apodrecimento que se desenrola sobre o tapete apenas abafa com dificuldade as conversas cotidianas, os flertes oportunistas, os risinhos. Lúcia se surpreende com a quantidade de pessoas apertadas nos sofás e cadeiras de vime, embora Martinha, a mais nova, tivesse dito exatamente aquilo: viriam todos, com certeza, não perderiam a oportunidade de medir a sala e os móveis gastos, de encarar o cadáver e conferir com os próprios olhos o que restava da filha solteirona. Lúcia quis rebater, mas se sentiu dominar por uma letargia dolorosa, uma perda de fôlego. Acabou dizendo fracamente que todos seriam bem-vindos, inclusive o cunhado, se afinal Martinha já o tivesse convencido a voltar para casa.

Quando o calor se torna insuportável, Lúcia se resigna a buscar água no filtro da cozinha. Oito meses de pingadeira, era de acabar com qualquer um. Tentaram trocar as borrachas e a manopla, sem sucesso; o vizinho de cerca, acostumado a todo tipo de agrura doméstica, recomendou uma revisão total do encanamento. Claro que não tinham dinheiro, o pai se encarregou de resolver o problema com as próprias mãos, as mesmas mãos rígidas que se entrelaçam na sala sobre o terno marrom, enquanto a torneira se agiganta vitoriosa e ondulante junto à parede. Cedendo a um impulso irresistível, Lúcia aperta o fecho com força antes de buscar o copo; a torneira ainda a desafia, espremendo gotas improváveis por espaços mínimos. Está debruçada sobre a pia quando uma mulher a encontra e murmura condolências. Lúcia se endireita, não sabe o que dizer a esta gente, praticamente não os conhece, além das vistas pelas calçadas do vilarejo aonde vai uma vez por semana comprar suprimentos. São tantos os afazeres no sítio, não lhe sobra tempo algum para amenidades na rua. Foi rápido, diz enfim à mulher, virando o copo d'água na garganta. Ele não sofreu.

A verdade é que não sabe, embora essas tenham sido as palavras exatas do médico: uma parada cardíaca no meio da noite, casos assim costumam levar a óbito porque a família adormecida não consegue prestar socorro. Lúcia tenta imaginar a sensação de um coração parado, de órgãos sufocando lentamente nos fluidos corporais, mas a torneira continua seu retumbar surdo, realçando os tantos fracassos, forçando-a de volta à sala, à segurança dos sussurros avolumados pela péssima acústica das paredes. Vê Martinha próxima ao quintal, sem o marido — estivesse vivo, o pai repetiria que Cláudio era um homem do mundo, minha filha, mas era típico de Martinha insistir, e casou de véu e grinalda, na igreja da vila. Lúcia ainda lembrava com assombro do brocado e das rendas, dos cantos de meninos esganiçados celebrando a Ave Maria, enquanto Martinha caminhava confiante até o altar, partindo depois num Fusca amarelo para a nova casa no vilarejo.

Lúcia permaneceu a vida inteira no sítio, cuidando da horta, do pomar e das galinhas. As colinas verdes estendendo-se para todos os lados, uma imensidão de poucas casas e muitas ausências. O pai lutando gentilmente com a cerca velha, tantas vezes partida, com as ervas daninhas e as pragas; tinha uma mansidão cheia de raízes, que se alastrava pela terra, pelas plantas, até mesmo por ela, Lúcia, que se viu enredada no mato cheiroso, no silêncio e nos calos das mãos. Ao longo daqueles quarenta anos, acostumou-se com tudo: os mosquitos, as secas, a despensa ora deserta, ora transbordante de verduras, tudo, menos a maldita torneira. Oito meses e já não consegue pensar em outra coisa — basta entrar em casa para o corpo se retesar em alerta, lembrando-a do conserto incompleto. Oito meses falhando em encontrar a causa do vazamento, a mente reproduzindo sons fantasmas durante o sono. Descobre de repente que já não pode tolerar o campo, os homens vincados cuja bravura frente às coisas orgânicas recua perante os mais simples problemas mecânicos; despreza igualmente os canalhas do vilarejo, que cobrariam fortunas pelo menor remendo. Não se sente a mesma — algo pode feri-la, não tem mais aquela invulnerabilidade. É bem isso: envelheceu.

O pai, no caixão, perdeu a grandeza que se revelava nos olhos; não sofreu, Lúcia repete para si mesma. Pois se o médico tinha dito, devia ser verdade, estudou mais do que ela, embora no peito ainda caiba uma última desconfiança de que os estudos não servem para grande coisa naquelas partes, onde se morre no escuro da madrugada, longe da Medicina. Argumenta dizendo a si mesma que não poderia ter feito nada; o pai partiu no sossego em que vivia, com a dignidade da própria cama. Não competia querer mais. Ainda assim, ali estão: ele na quietude infinita, ela se doendo com a torneira. Os últimos vizinhos entram, o sereno pousado nos ombros, ela vê o Chico Pescador e não consegue se impedir de lhe agarrar o braço — a torneira, Chico, você pode dar uma olhada? E nesse momento não se importa em parecer transtornada, o decoro a recebe como uma mulher em luto, a quem se permitem algumas irreverências. Tem mesmo o desejo de que a vejam um pouco louca, de que comentem a pobrezinha, assim que ela virar as costas. E está triste, é claro, não teria por que fingir, está tristíssima, mas não fosse a torneira seria mais fácil entregar-se à tristeza adequada.

Chico a abraça e diz: não é hora. Tem os olhos marejados, as pálpebras cheias de cicatrizes brancas, ela insistindo e ele — depois. Lúcia sente o corpo ceder, precisa sentar. Abrem espaço para ela num dos sofás, a sala repleta de rostos vagamente conhecidos parece encolher, faz muito tempo que ela não se vê cercada de tanta gente. A família vinha somente aos domingos, para os almoços fartos com cerveja e carne na brasa, Martinha com o marido, três tios, uma ou duas primas mais próximas, ao todo não eram sequer dez pessoas. Quantas havia agora na sala, trinta? Quarenta? Um número imenso. Ela se lembra então da primeira vez que foi à cidade — não ao vilarejo, mas à cidade grande, o taxista tinha dito mais de um milhão de pessoas. Ela e Martinha engaioladas no banco traseiro enquanto o pai tagarelava, animado em levá-las para visitar alguns parentes por parte de mãe, que tinham enviado cartas pedindo para conhecê-las. Eram já moças, talvez quinze ou dezesseis anos, mesmo assim se assustaram, nem a imaginação acomodava um milhão de pessoas. Pessoas tantas como as folhas de todas as árvores da roça.

De manhã cedo, levariam o caixão. A funerária deixaria o corpo na pequena capela, então o padre diria o que cumpria dizer; ela sentaria na primeira fila, toda de preto, recusaria qualquer outra cor, e teria alguns minutos de paz. Sim, de manhã bem cedo. Ainda faltam várias horas, é preciso respeitar o tempo da morte, e Lúcia implora baixinho: Chico, mas é Martinha quem o cumprimenta, do outro lado da sala, na fronteira para o quintal. Martinha, Lúcia pensa, é outra coisa — se parecem no porte, nos cabelos castanhos, ambas sabem também ser mesquinhas até o limite uma com a outra. Mas Martinha é outra coisa, ali cercada do povaréu, casada e confortável naquelas conversas que deixam Lúcia embasbacada, aos tropeços. É por causa de toda aquela gente que Lúcia sente que precisa espremer a tristeza para fora, como se estivesse mentindo. Não é difícil, de uma filha solteira se espera que esteja dilacerada pela morte do pai, e realmente está, mas não é suficiente, por que não é suficiente? Precisa chorar. Quer chorar, tem mesmo vontade, e as lágrimas chegam ao espaço detrás dos olhos, se apenas pudesse se concentrar cairiam belas pelo meio do rosto, ela sentada com as mãos grossas abandonadas ao lado das coxas enquanto o choro escorreria quieto e nobre. Mas, antes, é preciso consertar a torneira.

Martinha come alguns biscoitos. Ela tem a própria vida, é o que todos pensam, esposa bem assentada no centro do vilarejo; mesmo as escapadas de Cláudio a inserem numa irmandade sofrida de vizinhas com maridos voláteis, com conversas obscenas. Ocorre então a Lúcia a ideia de que, se Martinha pedisse, talvez Chico resolvesse a torneira, e se levanta com ânimo renovado, enfim distraída. Aproxima-se da irmã como um animal que cerca o outro, acautelando-se — ao lado de Martinha, torna-se lenta, gorda, consciente dos fios desalinhados, da pele manchada. Martinha a nota, enfia o rosto em seu pescoço, diz: querida. E, nas bochechas, a maquiagem borrada do pranto. Lúcia tem vontade de machucá-la, de fazer algum comentário maldoso, mas a vontade morre por trás do cansaço, do gota a gota que se esconde atrás das paredes. A torneira ainda está quebrada, Martinha, você poderia pedir ao Chico...? É indecente que papai esteja morto e a casa assim, conclui, um gesto abstrato abarcando tudo, com uma vagueza preguiçosa. Martinha entende errado, garante que a casa está ótima, que ela, Lúcia, cuidará muito bem do sítio, não precisa de ninguém lhe mostrando como fazer as coisas, tinha sido assim desde criança.

Crianças, elas tinham corrido naquele mesmo quintal. As redondezas abrigavam apenas uma escola primária, que concluíram aos doze anos; sem as longas caminhadas para as aulas, as tardes se estendiam intermináveis pelas colinas — tinham somente uma à outra. Martinha pergunta se ela quer um cigarro e Lúcia faz que sim, embora sequer goste de fumar. Avançam na escuridão até o mato baixo, pontilhado de grilos — o exílio determinado pelo pai, que detestava o cheiro de tabaco perdurando nos móveis.

— E Cláudio? — Lúcia pergunta, tossindo.

Martinha faz um movimento dúbio com a cabeça, Lúcia decide não insistir. As vozes ainda chegam pela varanda, e ao redor de si está pousado o silêncio do campo, cheio de piares e assobios, com a inconstância das coisas vivas, em perpétuo movimento — sem os ritmos incansáveis e acertados da torneira. Lúcia sente os músculos relaxarem e as lágrimas finalmente vêm, ali, longe de todos, a mornidão salgada emoldurando as bochechas enquanto os lábios descansam entreabertos, esfumaçados. A seu lado, um dos cachorros cruza o quintal, sem dúvida atraído pelo cheiro de comida que chega da sala, e senta ao lado da porta com olhos enormes e líquidos. Martinha sopra, repete a tragada e ri:

— Você se lembra do Pinote?

No início da adolescência, a puberdade as pegou desprevenidas no meio de acres e acres de terras quase desabitadas. Lúcia não sabe mais como havia começado, aquele interesse obsessivo pelo próprio corpo — apalpava-se durante o banho, descobrindo cavidades ocultas, sensações agradáveis. A histeria daquilo a carregava hipnótica pelos dias, pelas tarefas corriqueiras entre a louça e a horta, como se o mundo inteiro retrocedesse para que ela pudesse ocupar novos espaços, dissolver-se do lado de dentro da pele. Quando o cachorro de infância a flagrou em tais cios, atacou-a com o osso do púbis, violento e urgente; Lúcia recorda da repulsa que lhe apertou a garganta ao se abaixar para descortinar o órgão vermelho e bulboso encaixado entre as pernas do bicho. Assim, então, o pênis de um macho. Tocou com a ponta dos dedos a pele retesada, o animal contorcendo-se para pressionar-se contra sua palma aberta, era um desespero que ela conhecia, que a perseguia todas as noites, e aquela simpatia lhe trouxe um atraso, um atraso infinito, em recolher a mão, o que fez, assustada, quando Martinha os surpreendeu e gritou. E ela levantou com o peso de um nojo terrível, um nojo monumental, que até hoje sente bem agarrado à sua barriga — a grande náusea.

Lúcia larga o cigarro no meio, abafando-se no pai morto, no membro asqueroso de Pinote, ao redor o mato preto e sibilante a prende na réstia entre a casa e as galinhas, do lado de dentro a torneira continua pingando. Não sei mais o que fazer, ela confessa a Martinha, que responde, inocente: ainda somos uma família, meu bem. Lúcia a encara, incrédula, e então você poderia pedir ao Chico? Ele não vai negar, vindo de você... Martinha é outra coisa, a cabeleira comprida, a cintura se curvando sobre as ancas estreitas, papai estava louco com essa torneira, Martinha, tentamos de tudo, por favor, até que a irmã assente com a sugestão de um sorriso. São fáceis essas vaidades, Lúcia compreende, seguindo-a de volta à casa, onde Chico demora na concordância, fazendo reticências enquanto Martinha lhe alisa o braço. Quando o homem desaparece pela cozinha, Lúcia se derrete cheia de carinhos pela irmã, sua irmãzinha, sua irmãzinha adorada, tão linda, tão sofrida ao abandono daquela casa deserta na vila, o marido metido com Irene, que todos diziam ser uma mulher da vida, quatro filhos de pais diferentes. Era quase uma rima: a mulher da vida e o homem do mundo.

Lúcia se recorda de súbito daquela viagem à cidade grande, a primeira. A noite em que, após uma semana, as tias devolveram os três à rodoviária; Lúcia grudada na janela para despedir-se do mar, Martinha com a respiração colada em sua garganta, disputando os últimos olhares. As mulheres apareceram discretas, primeiro na sombra dos postes, depois abertamente ao lado das ruas, com saias de látex preto, sutiãs mal escondidos por tecidos baratos, longas botas que terminavam nos joelhos; tinham o rosto pintado, sorriam, inclinavam-se sem constrangimento sobre os carros que paravam no meio da pista. A tia fechou as janelas, um destino terrível a prostituição, meninas, e a outra tia emendou: tão jovens, coitadas, a culpa é desta crise sem fim. O pai concordou, balançando o queixo, enquanto as mulheres ficavam para trás em meio ao salitre, com suas liberdades ameaçadoras, tão distintas da familiaridade indefesa das Irenes do vilarejo.

Chico incha debruçado no piso, Lúcia afinal consente em comer alguma coisa, o pai não iria gostar de ver tanta comida desperdiçada. Morde um pãozinho e logo se arrepende, sente-se próxima demais daqueles outros, os que mastigam sem descanso, deglutindo tudo numa maçaroca que empurram pela garganta, estalando a língua, os lábios gordurosos com restos de queijo. Às vezes olham para o morto e comentam — setenta e cinco anos. Lúcia os vê suspirar, abanar a cabeça, não conseguem decidir se setenta e cinco anos é jovem ou velho demais para a cova. Ela volta a se acercar da pia, tentando adivinhar o que se desvela sob a cuba; antes, porém, de maiores averiguações, percebe o instante de apaziguamento — Chico ainda agarrado às entranhas dos canos, a torneira tomba silente. O minuto estendido, ela chega a pensar, graças a Deus, e então a água brota com força pelo bocal, muito mais força do que Lúcia jamais vira, a água tem a raiva do mundo, desce descontrolada pelos armários e tenta furar o concreto para buscar a terra entre os azulejos. As pernas de Chico se debatem enquanto se afogam, ela o ouve cuspir a água que entra pelo nariz, observa o agigantamento das poças empapar os sapatos e expulsar os curiosos para dentro da sala, acastelados ao redor do cadáver. A água se multiplica pela torneira arruinada, Chico grita onde está o registro, e a Lúcia não ocorre resposta nenhuma, mira com olhos pasmados a água avançar até chocar-se contra os rodapés, seria preciso trocar os rodapés estufados, a madeira bebendo a umidade com uma sede de anos, talvez queimasse também a geladeira, tremiam os pés enferrujados enquanto linhas e linhas de formigas subiam desesperadas pelas paredes.

Chico enfim encontra o registro, a água cessa após um gorgolejo final da torneira. Ele fala alguma coisa, Lúcia apenas fita os escombros. O pai morto. Está morto, setenta e cinco anos, um coração inerte devia doer como o diabo, independente do que o médico dizia. As pessoas bem agarradas à própria comida, aos sussurros, ninguém a viu chorar a morte do pai, tanta gente, quarenta pessoas. Levaria horas para enxugar o piso, empurrando a água para o quintal, depois desinfetar a cozinha inteira, passar o pano, espremê-lo à mão dentro do balde, despejar no tanque, tudo isso enquanto a torneira permanecia quebrada, todo o encanamento comprometido, talvez também a geladeira. Atrás de si uma pequena comoção, ouve a voz de Cláudio, que afinal chegou, bêbado, e escorregou na entrada da cozinha — Cláudio caído, rindo e pedindo socorro, Chico repete que nada daquilo tinha sido culpa dele, canos velhos estouram assim, por qualquer motivo, os demais inexpressivos, até os cochichos tinham cessado.

Lúcia sai às pressas, cambaleando pelo quintal. O caminho às escuras, os sapatos molhados formam uma crosta de lama, ela rodeia a casa até o Chevette estacionado ao lado do muro. As luzes da sala recortam o corpo do pai ao centro, embalsamado em formol à espera dos vermes, as pessoas não a notam até que Martinha sai correndo pela porta da frente e senta com tudo no banco do carona. Lúcia arranca de vidros abertos, a estradinha de terra cheia de buracos mal iluminada pelos postes esparsos. Em cinco minutos, está na via asfaltada, o Chevette consegue enfim ganhar velocidade, ela olha para Martinha, os dedos brancos agarrados ao painel, o vento embolando os cabelos ao redor de suas orelhas, e então estão rindo, um riso que enche os olhos de lágrimas, Lúcia ri a ponto de socar o volante, elas eram as filhas, as crias perversas, as criaturas infames que desonraram a vigília do pai. Martinha liga o rádio, Lúcia passa pelo vilarejo e segue a única estrada que conhece, até a cidade, três horas de madrugada quente e música sertaneja. Quando, nos intervalos, ensaia a confissão, Martinha a interrompe — eu sei, meu bem, já segui seu carro uma vez. E se olham novamente, mais próximas.

Encontram a noite ofuscante da cidade em máxima performance — era uma sexta-feira. Os prédios baixos da orla enrugados pelo sal, os restaurantes acesos, pequenas multidões aguardando na porta dos bares. Lúcia reduz a velocidade e aspira o cheiro rançoso do mar urbano; aos poucos, enxerga as primeiras mulheres, alastradas pelas esquinas. Coloca a primeira marcha, mas permanece na faixa à direita, mais distante — dali observa os corpos das prostitutas, envelopadas em vestidos de organza por cima de biquínis cavados. As pernas longas, as meias terminando em saltos pontudos. As perucas, os apliques baratos deslizando pelas costas quando elas vão negociar, à porta dos carros, com homens que permanecem na sombra. Algumas com jeans rasgados, pedaços de malha torcidos, as tatuagens brilham foscas, lábios sempre muito vermelhos.

Lúcia logo aponta: olha lá, a sem-vergonha de saia preta, tá na cara que gosta mesmo da coisa! Martinha aperta o rosto contra o vidro, elas gostam assim, querida, gostam mais é de se amostrar. Jeitinho mais fácil de ganhar a vida, Lúcia arremata avidamente, pisando ainda mais forte no freio. Olha aquela ali, tem que ser puta por vocação, como que tem coragem, Martinha? Está vendo como rebolam, mal se escuta a música, e Martinha se engaja, olha o decote dessas piranhas, se duvidar vai até o umbigo, e riem, riem, que meia mais horrorosa. Lúcia segue devagar, quantos homens tinham dentro daquele carro, Martinha? Caem na gargalhada, quando a rua acaba Martinha insiste dá a volta, dá a volta, e retornam à primeira esquina, onde uma das mulheres as descobre e acena. Lúcia cresce, firme, não mais desmoronável, sente-se sólida atrás do volante, capaz de desprezar o podre das marés entrando pelas janelas, coloca um pé definitivo na ponta do acelerador para avançar imperturbada e solene, um esquecimento benevolente tomando conta de tudo — olha como são atrevidas, Martinha!

O FRUTO DA ÁRVORE

<del>diz tchau para o amiguinho já passou da hora você precisa comer direito</del> parece comigo quando eu era jovem

Para voltar da escola e chegar até a minha casa, um apartamentozinho arruinado num prédio de seis andares, era preciso passar pelo velho matadouro de perus. O galpão ocupava um quarteirão inteiro, cercado de placas metálicas devoradas pela ferrugem, muitas já caídas, revelando os pátios abandonados, repletos de ganchos. O outro lado da rua acabava num monte de mato enlameado, por isso eu atravessava a calçada do matadouro todas as tardes, apertando as alças da mochila enquanto os homens me faziam ofertas. Eu soube que as ofertas eram boas quando contei à minha mãe que um homem me estendeu uma garrafa de Jack Daniels, lacrada dentro de uma sacola plástica, e ela levantou os olhos do esmalte que passava nas unhas do pé para dizer que duvidava que eu valesse aquilo tudo.

— Uma garrafa inteira? Ha! — e voltou a pintar as unhas minúsculas, arroxeadas.

Naquele dia, as mãos dela não tremiam, então eu sabia que ela estava abastecida. Se eu abrisse a porta dos armários e vasculhasse lá no fundo, veria, atrás da louça trincada, o brilho caramelo do uísque, ou os reflexos inconfundíveis da vodca e do gin. Eu nunca olhava, embora às vezes ameaçasse procurar uma caneca, a minha caneca favorita, tateando as prateleiras e repetindo onde está, onde está, somente para vê-la nervosa — ela vinha correndo da sala, não apenas encontrava a caneca, como também me preparava um chocolate quente, uma coisa deliciosa de açúcar e canela que só ela sabia fazer. Nos dias seguintes, a caneca permanecia disponível e limpa no escorredor, sem que eu nem tivesse que olhar duas vezes.

A minha mãe equilibrava o trabalho de recepcionista na Jô Cabeleireiros com meia garrafa de algum destilado cuidadosamente espaçada ao longo do dia. Arrumava o cabelo diante da penteadeira, estalava os lábios para uniformizar o batom, então saía com o café batizado dentro de um copo térmico, aos golinhos. Ao meio-dia, quando eu às vezes ia ao salão levar alguma encomenda, ou pegar dinheiro para o mercado, encontrava-a sorridente e tranquila ao lado das máquinas de cartão de crédito. Ela costumava me pedir para levar balas de menta, mas eu jamais podia simplesmente entregá-las — devia aproveitar a aproximação de alguma cliente, a movimentação agitada do caixa, enquanto a minha mãe somava os números e anunciava o valor total, para puxar a gavetinha embaixo do computador e depositar as balas lá dentro. Eu acenava ao sair, e ela me dizia, generosa, que ficasse com o troco.

Se eu a esperasse terminar o expediente, pegávamos juntas o ônibus que nos deixava no cruzamento da Jorge de Toledo com a Borges Campos e, então, eu não precisava atravessar o matadouro sozinha. Ela bebericava do copo térmico, um copo que nunca se esvaziava, mas era preferível aguentar seu passo lento, seus risinhos maldosos enquanto os homens nos abordavam, porque ao menos ao lado dela eu era prontamente esquecida, meu tronco magro, ainda sem seios, contrastando com o busto firme e as coxas grossas de minha mãe. Ela parava, ouvia as ofertas como se as considerasse, daí tragava um gole generoso e ria na cara deles, de um jeito que sugeria que talvez numa próxima oportunidade, e eles a chamavam pelo nome até muito depois de desaparecermos atrás da esquina. Os homens quase nunca eram os mesmos, vinham de todas as partes do bairro para se escorar ali, de modo que, a qualquer horário, sempre se encontravam dois ou três deles fumando, ou coisa do tipo, e fazendo promessas com as mãos dentro dos bolsos da calça. Eu confessei à minha mãe, uma vez, que tinha medo de que um deles me agarrasse à força, puxando-me para dentro dos corredores desertos do matadouro, e perguntei se não poderíamos voltar a morar com a minha avó, longe dali. Ela fez uma careta, disse que o meu problema era aquele: ser fina demais para fazer um boquete bem feito.

Quando ela começou a beber mais, tornou-se mais graciosa. Eu a esperava acordada, fingindo ver televisão, mas a verdade era que me consumia de ansiedade até ouvi-la subir as escadas, atrapalhando-se com o molho de chaves, conformando-se enfim a escondê-lo na bolsa e tocar a campainha. Esqueci as malditas chaves, falava, a língua arrastando, os olhos brilhantes. Eu não dizia nada, em troca ela tomava uma boa ducha e esquentava para nós uma panela de macarrão. Chupávamos o molho ácido no sofá, vendo novela. Ela perguntava sobre o colégio, se eu tinha feito novas amigas, e eu contava sobre as meninas com quem me encontrava nos treinos de vôlei. Ela concordava, satisfeita, dizia: qualquer uma será melhor do que aquela putinha da Mercedes. Depois adormecia no sofá, onde eu a cobria com uma manta grossa, mesmo no verão.

Só conheci Roni, o novo homem dela, depois de uns cinco ou seis meses. Ela o trouxe uma noite, cruzei com os dois, trôpegos, a caminho do banheiro. A minha mãe me abraçou, essa é a minha queridinha, é uma aluna excelente, e eu tive vontade de perguntar como ela poderia saber uma coisa daquelas se nunca comparecia às reuniões de escola, mas ela devia adivinhar pelas longas horas que eu passava no quarto, lendo. Eu não era a melhor da classe, longe disso, apenas me mantinha acima da média, mas Roni me encarou com as pupilas enevoadas como se eu fosse uma criatura importante, apoiou-se na parede e murmurou como vai, o que era mais do que qualquer outro namorado dela jamais tinha me dito. Eu os deixei passar e ouvi seus risos e gemidos madrugada adentro, o tilintar das taças e das garrafas rolando pelos tapetes.

Com Roni, minha mãe passou a beber mais de dois litros por dia. Ela não ganhava o suficiente para uma despesa daquelas, mas ele sempre chegava com sacolas pesadas de supermercado, cheias de vinho barato e cervejas. Ela tomava uma garrafa de vinho no café da manhã, sacudindo a cabeça porque assim o efeito subia mais rápido, então saía confiante, mandando-me beijinhos. Escondia a garrafa vazia debaixo dos jornais na lixeira, estava sempre bêbada demais para perceber que não necessitava desses disfarces — era impossível não escutá-la, nas primeiras horas da manhã, esquadrinhando os armários, esbarrando nos pratos de vidro marrom. Às vezes eu deixava o quarto decidida a confrontá-la, a dizer que ela tomara o suficiente, mas perdia a coragem quando a encontrava cantarolando, alegre, e deixava que me envolvesse pela cintura e dançasse comigo um tango desajeitado, lembrando os passos herdados de meu avô argentino. E daí que tropeçasse um pouco, que uma vez chegasse a torcer o tornozelo numa calçada? Eu nunca a tinha visto dançar tanto antes.

A farsa terminou somente quando Roni, numa das festas que deram em nossa casa, decretou que eu já tinha catorze anos, que podia tomar um trago. Ele mesmo abrira sua primeira cerveja aos nove anos de idade, e estava bem, muitíssimo bem, não estava? A minha mãe logo confirmou que sim, estava mesmo, Roni era dono de uma empresa de segurança, liderava uma equipe de oito pessoas. Eu gostava de Roni: ele não passava a mão em mim quando a minha mãe não estava olhando, nem sussurrava obscenidades no meu ouvido, como os outros costumavam fazer. Trazia salgadinhos do supermercado e sempre lembrava o meu sabor preferido. Por isso, provei a cerveja e me forcei a engolir mesmo quando o líquido ameaçou subir de volta pela minha garganta. Ele perguntou quer mais, eu fiz que não e ele pareceu decepcionado, mas logo se redimiu, eu era o cérebro daquela família, era melhor que alguém mantivesse a cabeça fria para fazer as contas. A minha mãe, porém, considerou uma desfeita que eu recusasse a cerveja de um homem bom como Roni, apressou-se a dizer que eu sempre fui assim, fresca, que me achava boa demais para eles, para o bairro. Disse: a vida espalha merda por toda parte, mas ela acha que pode manter os sapatos limpos... Eu não achava nada daquilo, claro, mas não respondi, e ela repetiu que meus pés em breve estariam bem afundados na lama, junto com o resto da humanidade.

Foi naquela festa que conheci o Prego, que na verdade se chamava Valdir, embora ninguém nunca o chamasse pelo nome. Ele me viu sentada ao lado dos amendoins e comentou em voz baixa que também não gostava de cerveja, que tomava apenas para os colegas não o chamarem de mulherzinha. Tinha quatro anos a mais do que eu e acabara de ser admitido na empresa de Roni como vigia, então ainda precisava se impor. Eu não me senti atraída por ele, era excessivamente alto, pairava sobre mim como se fosse desmoronar e me soterrar a qualquer momento, mas sabia que a minha mãe diria que eu me achava estudada demais para sair com um homem que não tinha terminado o Ensino fundamental. Assim, me forcei a permanecer sentada e escutar a conversa de Prego, sentindo os olhos de minha mãe do outro lado do apartamento, sempre que ela parava para respirar e beber antes de voltar a se atracar com a boca de Roni. Cheguei a colocar a minha mão sobre a dele e, quando ele apertou, não a puxei de volta, deixei que ficasse, mole, entre seus dedos suados e compridos, como pernas de aranha.

Depois da festa, não vi Prego por vários dias, até que ele apareceu na porta da minha escola, à saída. Tinha acabado de voltar de um treinamento, a minha mãe contou onde eu estudava e, se eu não me importasse, ele gostaria de me acompanhar no caminho de volta daqui para a frente. Achei-o mais magro e mais alto do que nunca, mas aceitei, um pouco tocada. Ele agarrou a minha mão e começou a tagarelar sobre um monte de coisas inúteis, times de futebol e jogos de cartas, e, quando eu perguntei se ele também gostava de ler, me encarou como se não tivesse a menor ideia do que eu estava falando, como se nunca tivesse visto um livro na vida. Eu jamais o convidava para subir, mas ele não guardava ressentimentos; no dia seguinte estava sempre à espera, sossegado, em frente ao portão.

Logo descobri que Prego era uma companhia ainda melhor do que a minha mãe para cruzar o matadouro — a seu lado, os outros homens pareciam não me enxergar, como se eu fosse feita de vento. Prego nunca tentava me beijar, não parecia querer nada além de segurar a minha mão e contar suas histórias, de modo que o acordo se tornava duplamente vantajoso; era um alívio percorrer sem pressa os trezentos metros do quarteirão, observando pelos buracos na cerca as salas escuras, atulhadas de gaiolas, com longas pias grudadas aos muros laterais. Numa daquelas tardes, Prego me falou que seu avô trabalhou por anos no matadouro, antes que fechasse, e dessa vez parei de cutucar as unhas e me voltei para ele, porque era a primeira coisa interessante que ele dizia desde que nos conhecemos. O avô ajudava no abate, será que eu sabia como se degolava um peru?

— É preciso enfiar uma faca de dois gumes pela garganta do bicho, até cortar as artérias do pescoço — explicou. — Depois, depenam com água fervente.

Prego conhecia detalhes do processo de criação de perus, o peso que precisavam atingir até serem abatidos, e que não poderiam ultrapassar, por uma questão técnica com as máquinas. Os animais eram entupidos de ração todos os dias, mesmo assim tinham os bicos cortados, para impedir que se devorassem dentro do confinamento, arrancando nacos de carne dos corpos uns dos outros pela variedade. Perus canibais, agressivos, atropelando-se nos comedouros, depois pendurados de cabeça para baixo, para sangrar, centenas de perus, milhares, o avô achava que ainda devia haver carcaças ali, esquecidas nos antigos congeladores. Prego, ainda criança, lamentou quando o matadouro faliu, porque a avó costumava preparar os perus adquiridos com desconto de funcionários todo domingo, dourados e crocantes com manteiga e batatas, eram os perus mais macios do mundo, ele jurava que desmanchavam na boca, cheios de líquido, e quando chegamos em casa estávamos já mortos de fome.

Após algumas semanas, enfim cedi e deixei que Prego subisse; fiz para ele o único almoço que conhecia, arroz e frango, e ele comeu sem reclamar, então se deitou no sofá e dormiu boa parte da tarde. Vimos televisão antes de ele precisar ir ao trabalho, um filme policial repleto de clichês, e, ao final, Prego tentou me beijar; eu me esquivei, aterrorizada com a perspectiva de sua boca úmida, de lábios feridos, contra a minha. Ele não pareceu incomodado; agradeceu pelo almoço e saiu, enquanto eu suspirava de alívio e retomava minhas leituras. Ainda assim, deixei que voltasse nos dias seguintes, Roni gostava muito de nos encontrar juntos, assistindo tevê, quando chegava com a minha mãe a tiracolo. Os dois passarinhos, era como nos chamava, com um sorriso, e a minha mãe sorria também porque eu finalmente tinha aprendido a me comportar. Sentávamos os quatro ao redor da mesinha de centro, jogando dominó, a minha mãe bebendo como nunca, um copo atrás do outro até que não conseguia mais segurar as peças, as pernas abertas deixando entrever a calcinha vermelha. Nesses momentos, para evitar que ela derrubasse as garrafas de Gordons, Roni derramava o líquido direto na garganta dela, sem nem tocar na língua pastosa e inerte. A minha mãe ficava alucinada, pedia mais com a cabeça mole apoiada no encosto da poltrona, tremendo. Prego espiava a calcinha dela com o canto dos olhos, os pelos escuros escapando pelas laterais, e a cena inteira me parecia vagamente distante, sensual. Ao ajudar Roni a levá-la para a cama, eu me perguntava se ela ainda estaria acordada quando ele começasse a transar com ela, caso conseguisse, e se aquilo a perturbaria de alguma forma; mas ela sempre aparecia bem-disposta na manhã seguinte, ronronando como uma gata satisfeita.

Numa dessas noites em família, o telefone tocou e eu era a única pessoa sóbria o suficiente para atender — Prego e Roni cantavam o hino de algum time de futebol, enquanto a minha mãe aplaudia e gesticulava, fazendo as vezes de maestro e plateia. Eu gostava de vê-los assim, felizes, e tinha me habituado a tomar um ou dois goles de vinho, embora ainda achasse o gosto amargo demais. A voz do outro lado da linha me surpreendeu: era Mercedes. Sentia minha falta, era como se eu tivesse desaparecido, nunca mais havia lhe telefonado desde que saímos da casa de minha avó. Mercedes e eu crescemos juntas, nossos quintais bem colados um ao outro, de modo que a casa dela era como uma extensão da nossa e vice-versa. Eu lhe confidenciava tudo, inclusive a descoberta, atrás dos casacos, da caixa onde minha mãe escondia os licores, e foi ideia dela abrir as garrafas. A minha avó nos encontrou vomitando as tripas no assoalho, Mercedes depois disse a tua mãe é alcoólatra, sem sequer se desculpar pela ideia de merda que ela teve, e que acabou nos obrigando a mudar de bairro quando a minha avó quis internar a minha mãe à força numa clínica de recuperação. Ainda assim, eu morria de saudades dela, estava pronta a perdoá-la, a contar sobre como as coisas andavam bem agora, com Prego, Roni e a escola, mas a minha mãe me viu demorar na linha e sem que eu percebesse aproximou-se e arrancou o telefone de minhas mãos.

— Sua filha da puta, não volte mais a ligar aqui, putinha, eu te quebro inteira, tá me entendendo? Eu te corto toda, a começar pela língua, sua dedo-duro filha da puta!

Mercedes era um mau agouro: foi mais ou menos nessa época que as coisas começaram a desandar entre Roni e a minha mãe. Ele passou a aparecer menos no apartamento, os estoques de álcool reduzindo-se a ponto de deixá-la nervosa, choramingando enquanto arrancava tufos inteiros de cabelo. A minha mãe tinha um cabelo bonito, que ela penteava para trás com um monte de laquê, para a frente formar um topete clássico, muito elegante. As clientes do salão sempre queriam saber o que ela fazia para ter um cabelo daqueles, ela recomendava dois ou três produtos que vendia ali mesmo na recepção; para mim segredava que os méritos eram da vodca, não havia nada melhor para a saúde de uma pessoa. Agora, porém, viam-se buracos em sua cabeça, com fios ralos, ressequidos. Ela passava horas tentando recriar os antigos penteados, sem sucesso — suas mãos tremiam demais até para prender os grampos.

O cabelo devia incomodá-la mais do que imaginei, porque, alguns dias depois, a minha mãe atacou uma cliente em pleno lavatório, lançando-se sobre a mulher e puxando seus cabelos até deixar o couro cabeludo em carne viva. Estava completamente bêbada, a dona do salão me contou, impaciente, quando fui buscar o cheque com a grana que lhe deviam; gritava tanto que de início pensaram que fora a cliente a atacá-la. Ela gritava muito com Roni também, sempre que o via, embora ao final acabasse chorando, agarrada a seus joelhos, implorando por uma garrafa. Do meu quarto, eu a ouvia repetir, numa cantilena, você vai me deixar assim, Roni, vai me deixar assim, é, e ele afinal cedia e dizia que não era para tanto, ele traria um engradado, e trazia mesmo, todas as vezes, embora das últimas fosse Prego quem os trouxesse em seu lugar. Roni tinha uma nova mulher, era o que se comentava no bairro, uma garota mais jovem, dona do próprio negócio, um armarinho. A minha mãe teria ido atrás dela, teria arrebentado a loja inteira, mas tinha medo de Roni, medo de que não aparecesse mais, de que a abandonasse com o armário vazio.

Roni vinha passando semanas longe, até que a minha mãe mudou de estratégia — começou a esperá-lo, perfumadíssima, num vestido justo, o cabelo preso num coque para disfarçar as falhas, um coque delicado, de bailarina. Magra como era, parecia menor e mais jovem com um coque daqueles, e Roni gostava de vê-la assim, com ares de garota; ela molhava os lábios e eu podia notar o esforço que fazia para não agarrar a sacola de supermercado que ele largava no chão, à entrada, para em vez disso abraçá-lo e dizer o quanto sentira sua falta, terrivelmente, não podia aguentar nem mais um minuto sem ele. Roni então a acusava de estar sendo dramática, mas era visível que aquilo lhe agradava, minha mãe ajoelhando-se para ajudá-lo a tirar as meias, depois massageando seus pés escuros, cheios de calos. Sempre havia algo no forno para Roni, algo cheiroso e caprichado que ela destruía, sem me permitir provar, quando por qualquer motivo ele não aparecia. Esses cuidados não o fizeram deixar a garota, mas garantiram que nos visitasse, com consistência, três ou quatro vezes ao mês, o que eu julgava ser suficiente para satisfazer a minha mãe — até que vi, sobre a mesa da sala, a garrafa de Jack Daniels, quase vazia, ainda dentro da sacola plástica.

Nesse dia, saí correndo de casa e liguei para Prego; os olhos baços de minha mãe sequer se ergueram quando eu bati a porta, trancando-a do lado de dentro. Esperei encostada à parede do corredor, tentando afastar a imagem de seu corpo espectral, curvado sobre os vapores do uísque, o rosto encoberto pelos cabelos gordurosos, rarefeitos. Quando Prego chegou, eu pedi que me levasse a algum lugar, qualquer lugar que não fosse aquele conjunto miserável de apartamentos cheirando a esgoto. Ele perguntou que lugar e eu dei de ombros, disse: um lugar romântico. Ele se remexeu, as mãos cruzadas atrás da cabeça, lembrou que tinha um plantão dentro de duas horas; mas afinal me puxou para a rua, onde a tarde minguava num calor úmido, repleto de moscas. Caminhamos em silêncio, Prego chutando pedrinhas com a ponta dos sapatos, a cabeça caída deixando à mostra os ossos do pescoço. Pegamos a avenida, ladeira acima, bem ao lado dos carros rebaixados que passavam zunindo, rumo ao litoral. Os rádios ligados e os escapamentos estourando quando arrancavam após um semáforo, o chão vibrava com o impacto das britadeiras que realizavam a manutenção das calçadas. Logo nos afastamos das ruas que eu conhecia e adentramos um bairro novo, de vias mais largas. Prego nos conduziu até a portaria de um edifício envidraçado, explicou que fazia a ronda noturna ali algumas vezes por semana. O porteiro olhou para a cara dele por um segundo e nos deixou passar, apontando o elevador de serviço.

    O prédio era um amontoado de empresas de tecnologia do tipo mais sóbrio possível, mas o último andar — uma varanda pomposa — era aberto, um espaço de convivência de onde se podia ver a cidade inteira. Num dia claro como esse, Prego me disse, daria para enxergar até a outra margem do rio, talvez as colinas, bem lá no fundo. O elevador cheirava a extrato de maracujá, e pelo espelho pude ver meus olhos fundos, as bochechas inchadas; ajeitei o cabelo como pude, embora o vento tenha desfeito estes esforços assim que as portas se abriram.

A tarde queimava os ombros, do lado de fora a cidade se estendia interminável por todos os lados: um espetáculo de telhados sujos, com antenas de tevê a cabo. Logo abaixo, postes emaranhados em fios grossos amarravam-se pelas esquinas; seguiam-se, em linhas tortuosas, fachadas e mais fachadas de janelinhas escuras. Mais adiante, o rio corria tão cinza quanto o asfalto, as margens tomadas por capim selvagem e montes de lixo. Prego comentou que dava para ver um pedaço da represa, ao longe, e apontou uma direção com os olhos apertados. Fiquei sem reação, olhando deprimida para aquilo tudo, enquanto Prego se sentava num dos bancos à sombra e esticava as pernas. Após alguns momentos, eu me sentei a seu lado, deixei que me abraçasse pela cintura. Que diferença faria, afinal, se o beijasse? Estávamos cercados da feiura da cidade, acuados como besouros. Nos afastamos somente quando chegou um grupo de fumantes, Prego falou que precisávamos ir embora, e eu hesitei, então respondi que conhecia um lugar.

Hoje o matadouro de perus virou sede de uma multinacional, uma construção enorme que puxou um monte de negócios para esta margem do rio, cercando-se de universidades e butiques estreitas, com nomes franceses. As meninas agora andam por lá com sapatos altos, cafés na mão, carregando computadores — então se sentam e conversam em inglês num pequeno pátio quase aos fundos do terreno, bem ali onde afastei as seringas descartadas ainda grudadas às agulhas, me ajoelhei ao lado das gaiolas e coloquei na boca o caralho de um homem pela primeira vez.

CUCO

~~você ainda vai me matar de desgosto se apanhar~~
~~na rua vai apanhar em dobro quando chegar em casa~~
espera só sua mãe chegar

O prediozinho fica enfiado entre o hipermercado e a galeria — cinco andares tortuosos, os lances de escada dobrando-se pelas paredes. A fachada apinhada de janelas ainda mais suja ao lado dos vidros bem iluminados da galeria, com seu constante cheiro de pipoca. Josimeire para bem no meio da calçada, diante dos botões do interfone, em fileirinhas moles abaixo do número dos apartamentos. Ela golpeia o primeiro botão, espremendo o indicador contra o plástico preto, dez segundos. O aparelho range, range, a voz chega suando do outro lado, quem é? Às vezes, dependendo do dia, Josi sussurra alguma coisa num sotaque inventado enquanto a mulher do outro lado suplica quem é, mas quem é que está falando, e Josi repete as mesmas bobagens com urgência, três, quatro vezes até — então corta o sinal e caminha risonha para dentro do prédio, sabendo que a velha Iolanda, do 204, não poderia vê-la de sua varanda dos fundos.

Mas não é um desses dias, hoje Josi somente desliga, misericordiosa, a sacola de frutas pesando no cotovelo. Este seria o melhor horário para importunar os vizinhos, estariam todos cansados em casa, à espera de um prato de sopa, recém-chegados dos escritórios e das lojas em que trabalham das oito às seis. Num bom dia, ela consegue atormentar muita gente antes de se apressar pelo portão, escondendo-se junto às caixas de correspondência; usa as próprias mãos como armas, inspecionando as janelas para ver quais têm luzes acesas, buzinando as familiazinhas harmoniosas reunidas para o jantar. E se alguém a surpreendesse, sempre poderia dizer que não havia espaço entre os botões, que tinha as vistas ruins, poderia saturá-los sem esforço com essas inconveniências, despejar sobre todos uma enxurrada de reclamações. Só que hoje, não. Tem pouco tempo, por isso aperta obediente o único botão que interessa, o mais arriscado, pois a janela do 401 está bem acima de sua cabeça e a qualquer momento aquela mulherzinha poderia enfim largar o celular e gritar o flagrante.

Dois bipes. Às vezes, os adolescentes do bairro recebem a culpa, parece mesmo o tipo de coisa que adolescentes fariam, e por serem muito jovens divertem-se com as acusações infundadas, o que sempre é interpretado como uma confissão. Ninguém sabe o que fazer com os adolescentes. Três bipes, ela sente o estômago começar a queimar; se a mulher atendesse, desligaria e tentaria de novo. No quarto bipe, uma sorte imensa: é uma voz infantil, deliciosa, que diz: alô. Josi se dissolve com aquele alô embolado, muda e contente, ele insiste alô, alô, tão querido, um bonequinho. Ela ouve a respiração dele pelo arranhar do interfone, uma nuvem, imagina aquele halitozinho doce, a pele morna, imagina apertá-lo contra o pescoço e inspirar seus cabelos, o corpinho suave desmanchando-se de encontro a seu colo, imagina-se beijando as bochechinhas tenras, oh, meu Deus, como queria abraçá-lo! Não podia dizer que quisesse qualquer outra coisa mais do que aquilo. Quando sente que ele se afasta do aparelho, preparando-se para desligar, ela rompe o silêncio e o imita — alô, para que ele, as forças renovadas, continue a cantilena alô, alô, alô, cada vez mais terno, entretido com a brincadeira, ela quase pode vê-lo agitar as mãozinhas enquanto a mãe seguiria no celular, teclando com as unhas compridas e vermelhas. Oh, o seu anjinho!

Ele já está ofegante e histérico — alô!, alô! — quando a mãe afinal agarra o interfone, quem fala? Josi desliga, a mulher poderia arrastar o aparelho sem fio até a janela em poucos segundos. Dói-lhe tanto afastar-se assim da criaturinha, sem nem se despedir! Um suplício, mas é tão bom escutar a voz dele, as vogais tropeçando, já fala tão rápido, vê-se logo o quanto é esperto, um perfeito principezinho. Josi entra e sobe ao próprio apartamento, reabastecida. Três lances de escada que não sente mais depois das décadas; ajudam a manter o coração funcionando. Encontra o sossego do apartamento perfurado pelo vestido pendurado no centro da sala, rodeado de alfinetes. Ela descansa a sacola na mesa, arranca com os dedos a pele de uma laranja. O vestido se enche dos lilases do crepúsculo que escapam pelos contornos dos edifícios.

A não ser por Josi, o apartamento está deserto — dos cantos dos cômodos desprendem-se fragmentos de tecido, recortes, linhas perdidas. Os rodapés descascados repousam sob uma suave camada de pó, nos bancos de plástico empilham-se revistas esbranquiçadas pelo manuseio — quase sempre, é Josi quem as folheia, nos descansos vespertinos que por vezes se estendem por dias e, outras vezes, por semanas inteiras. É raro que uma cliente se interesse pelos vestidos nas imagens, pelas calças de alfaiataria, pelos cardigãs de tricô modernizados. As clientes chegam — quando chegam — para reparos. Tocam o interfone, sobem os quarenta e cinco degraus e pechincham o ajuste de uma bainha. Precisam encurtar uma saia, repor os botões de uma camisa, apertar a cintura de um vestido e depois folgá-la de novo, garantindo que em breve conseguirão emagrecer o suficiente. Sentam-se nos bancos e não olham para as revistas. Se Josi sugere e se fizéssemos um *tailleur*, você teria um traje completo, mostram-se confiantes de que podem encontrar tudo aquilo na galeria. E encontram. Depois aparecem para ajustar a bainha.

Josi olha para o vestido e pensa que está praticamente terminado — tem tempo para tomar um banho. Somente precisa entregar o vestido amanhã, há tempo de sobra. O apartamento tem um único quarto; ela não precisa de mais do que isso, mas o resultado é que chega rápido demais a qualquer aposento. Ela sofre esse incômodo de chegar cedo demais ao próprio banho, por isso aguarda alguns minutos antes de ligar o chuveiro, apalpando o rosto. Fecha os olhos e se comove novamente com a voz do garotinho, um boneco!, balbuciando do outro lado da linha, talvez reconhecendo-a de outras chamadas, sem dúvida era mais esperto do que a mãe mexeriqueira. A injustiça de sua situação era impenetrável: ela, tão disposta a amar, e logo acima o bebezinho alegre, ainda inconsciente da negligência materna, sedento de atenção. Há um mês, desde que se mudaram para o prédio — a biscate e seu filho milagroso —, Josi vinha tentando cercar a mulher, garantir-se em suas confidências, colocar-se como uma espécie de avó conveniente, capaz dos maiores favores. Mas não conseguiu avançar um passo sequer, a mulher a evita sem motivo nenhum, privando-a daquela nuca cheirosa, daquelas dobrinhas cheias de talco, apoderando-se de algo que poderia sem prejuízo algum ser compartilhado.

Quando retorna à sala, Josi decide que irá terminar o vestido naquele exato instante. Não se deixará distrair pela noite fresca, não descansará dos afazeres do dia. Ainda assim, ao sentar, passeia os dedos por uma revista — quer ter certeza de que acertou a pedraria ao redor do decote. Encontra a inspiração no corpo de uma atriz de novela, o nome desbotado; a cliente tinha pedido algumas alterações, mas não pode evitar que Josi determine o desenho final — ninguém pode restringi-la nesses detalhes. Ela é, afinal, a modista. Tem a seu lado a força da experiência, é seu dever impedir que a cliente se debruce sobre escolhas erradas. E logo à sua frente, em sua glória drapeada, o vestido de festa. Ali suspenso pelo manequim, o vestido ainda lhe pertence, surgiu inteiro de suas mãos; esta qualidade e este caimento, confidenciou à cliente, não se encontram nas galerias. Os pontos firmes e certeiros feitos com auxílio de um dedal, longe da máquina de costura, Josi alternando a tesoura, o vincador e o passador de linhas enquanto o tecido tomava forma, atemporal. Mesmo que em muitos anos tivesse feito apenas consertos, ainda sabe costurar um vestido.

    De todo modo, para se assegurar, Josi contempla a revista. Parece-lhe agora que houve um pequeno desvio nas linhas da pedraria, que não acompanham o corte das mangas. Josi gosta de se atentar aos pormenores, de vasculhar ociosamente o próprio trabalho, na obrigação de torná-lo irrepreensível — mesmo os consertos ela realizava com a máxima diligência para, então, explicar às clientes sobre a competência dos arremates, demonstrando a exatidão de cada acabamento. As clientes se cansavam e não voltavam mais; Josi as irritava, elas respondiam nervosas estou atrasada, tem troco para cinquenta? Algumas voltam porque não tinham encontrado preço melhor em outra modista, eram clientes que tinham calças em excesso e pouco dinheiro — pouquíssimo — para reformá-las. Há mais de uma década, os consertos eram seu ganha-pão, mas agora podia dizer: me encomendaram um vestido de festa. Preciso adiar a entrega da sua bainha, estou terminando um vestido de gala, muito elegante, é uma encomenda para sexta-feira. Dentro do prédio pequeno, numa sala pequena, uma senhora pequena curva-se com suas agulhas diante da imensidão de um vestido.

    Josi apanha o descosedor. O cansaço se insinua perigosamente com um peso nos ombros, querendo convencê-la a improvisar um disfarce nas linhas erradas, a pretexto de poupá-la do desperdício. Ontem, tudo lhe pareceu bem. Algumas vezes chegou a pendurar o manequim em lugares estranhos de propósito, apenas para vê-lo sob um novo ângulo, e descobrir as falhas que se escondiam do olhar habituado. Mas ontem, colocando-o sobre o solo instável do sofá, o trabalho se apresentou perfeito — poderia ter terminado naquele momento, se não houvesse decidido ser mais prudente aguardar o dia seguinte. Então passou a noite inteira devaneando sobre o instante em que o vestido, no corpo indigno da cliente — não poderia ser um pouco mais magra? —, levaria seu nome de volta à boa sociedade: Josimeire Galvão, modista.

Precisará avisar à cliente que houve um atraso. Talvez seja melhor marcar outra prova, com a pedraria completa, para ver como se assenta sobre os seios. Ao redor de Josi, amontoam-se cones e cones de linhas coloridas. Tesouras de todos os tamanhos. Suportes algodoados para agulhas rolam sobre o assoalho, a mesa está coberta de furadores de aço, fitas métricas e corta-fios. Ao lado da máquina de costura, tecidos enrodilhados e antigos, com os quais ela busca tentar alguma cliente a confeccionar uma jardineira, uma blusinha. As sacolas dos consertos engordam apoiadas nas paredes, sem identificação — ela não tem clientes suficientes para se esquecer de seus nomes. Percebe que, para qualquer daquelas coisas se mover, era preciso que ela colocasse muito esforço. Meus acabamentos são superiores aos de loja, ela lembra em alto e bom som, embora tampouco os colocasse à prova — nunca tinha posto os pés na galeria.

Josi levanta e examina o drapeado da saia. O drapeado, acima de tudo, precisa estar imune às críticas. Um bom drapeado separa o joio do trigo em matéria de costura, não poderia entregá-lo se não estivesse impecável. Acende todas as luzes, os tons amarelos se distribuem pelas superfícies da sala. Estreita os olhos, cruzando os braços: em sua análise, está bom. Mas poderia estar melhor? Talvez. Naquele momento, o vestido é sua vítima, ela não tem pena de destruí-lo. Teria sido uma boa mãe, se o destino quisesse e, infelizmente, não quis — dois abortos prematuros e um divórcio a mantiveram ao largo dessas domesticidades. Resta-lhe a sua arte. É preciso exercê-la criteriosamente, dentro de um prédio comprimido por uma galeria e um hipermercado. Durante anos, nada aconteceu — Josi aninhada na costura como um desvio, pelo qual passavam as clientes a caminho de coisas maiores. O atraso no decote serviria ao aperfeiçoamento da saia, a cliente deveria ter paciência, era certo que no domingo apareceria deslumbrante diante de todos, já esquecida desses percalços. E quando lhe perguntassem, diria: o vestido é de Josimeire Galvão, modista.

É quase madrugada quando ouve o choro da criança. No apartamento de cima, o seu anjinho soluça, depois grita, retoma os soluços, Josi acompanha tudo pelas paredes velhas e finas. Ela levanta, a sala parece mais viva agora que a voz dele a percorre. Josi alonga a coluna e se orgulha de estar acordada e atenta, preparada para assumir as vantagens de sua posição. Não é a primeira vez que o menino chora durante a noite, mas nunca com tamanha força, está excitadíssimo, é certo que alguma coisa aquela biscate lhe fez — Josi estremece ao pensar nos bracinhos beliscados pelas unhas pontiagudas da mãe, nas perninhas estapeadas com violência. Num ímpeto, agarra o telefone. Diz: venham depressa. A sujeita segue acima de sua cabeça numa corrente de palavras e passos abafados pelo concreto, mas Josi não se convence, está furiosa e satisfeita — tão furiosa e tão satisfeita que retira o dedal e espeta o dedo na ponta da agulha, torcendo-a para alargar o corte. Aquela dorzinha tranquila, ela logo devolve a agulha manchada de sangue ao suporte e chupa, gananciosa, o indicador. O garotinho para de chorar, ela continua chupando até escutar as sirenes.

Josi veste o agasalho sem pressa. As luzes vermelhas e azuis entram pela janela e giram sobre os quadros da sala. Os vizinhos não podem mais simplesmente dormir, seu descanso foi interrompido, praguejam nos corredores com as portas abertas que acordariam exaustos demais para começar o expediente. Josi desce devagar as escadas, junta-se ao pequeno grupo de curiosos amontoados no pátio. Pergunta: o que aconteceu? Ninguém responde, todos acompanham a coreografia que dança a mamãe do 401, dando piruetas nos braços do policial: as pernas longas dentro de meias finíssimas, os dedos cheios de anéis. Josi se adianta, esclarecem: uma denúncia anônima de maus-tratos, ao adentrarem o recinto encontraram um baseado na mesinha de centro, seria necessário vasculhar o imóvel. Josi assente, seus instintos são estranhamente apurados: adivinha bem a sujeira, mesmo as mais delicadas. O nariz experiente funga um princípio de coriza, e a criança?

Ao redor, os vizinhos querem apenas ir para a cama. É por isso que Josi os detesta, mesmo assim não consegue deixar de ser arrastada à força para dentro de suas intimidades, não pode se libertar de sua presença, de suas meias-palavras, que proclamam distraidamente: a família é a base de tudo. Mas, às vezes, é a família que abre as portas para a fatalidade. Os vizinhos não sabem o que fazer com a viatura parada bem adiante, hesitam sobre as medidas cabíveis, remexendo-se de um pé para o outro, até que Josi se aproxima do garotinho e o toma nos braços. Oh, o seu bonequinho! Está sonolento, logo deixa cair o pescocinho cheiroso pelo ombro dela, a boquinha rosada entreaberta, ela o aperta somente um pouco para não acordá-lo, espera que não acorde nunca, que permaneçam para sempre assim entrelaçados. Começa a niná-lo suavemente, a mãe insiste é você, você que liga para nós, mas Josi não fala nada, mergulha ainda mais no menino, aspirando a cabecinha mole e suada. Logo alguém se lembra dos adolescentes, os adolescentes sem dúvida são os responsáveis, agora que tudo está resolvido, os vizinhos podem, enfim, descansar.

Josi também retorna para casa, carregando no colo um alívio efêmero, apenas naquela noite, enquanto os policiais finalizam a busca; a mãe não tinha ninguém na cidade vazia. O anjinho aninhado de encontro a suas costelas, cálido, ela resolve não o levar à cama, grande demais — espremem-se no sofá de dois lugares, Josi com os joelhos dobrados para fora, o corpinho da criança pressionando o seu na altura da barriga. Descobre que precisa ir ao banheiro, mas não quer se arriscar a desmanchar o casulo, acompanha o coraçãozinho dele batendo, a pele sadia, circunda-o em posição fetal, como os galhos secos que formam o ninho ao redor do ovo: passa a noite inteira de olhos abertos. Por entre o dueto de respirações, ela adivinha nas sombras o manequim coberto de tecidos disformes: o vestido de festa, inteiramente desfeito, que, no dia seguinte, costuraria à perfeição.

CABO DE GUERRA

~~qual é a palavrinha mágica não é pra correr dentro de casa não vá dormir muito tarde~~ chega de videogame por hoje

Você está sentado no sofá, o pratinho de plástico se equilibrando sobre os joelhos. Sua mãe encomendou o bolo de sorvete que você pediu, e que agora derrete em poças azuis e verdes que refletem a ponta do seu nariz. Ao seu redor, a festa está em seu melhor momento: as tias deixaram de apertar suas bochechas e se distraem fofocando enquanto os primos correm ao redor, as veias repletas de açúcar. Você pensa se deve se juntar às brincadeiras, mas hesita — a festa ainda não está completa. Apenas quando a campainha toca, você se levanta.

— Só um minutinho, Neide, a essa hora só pode ser o Roberto — diz a sua mãe, enquanto você avança, sem coragem de abrir a porta. Sua mãe o puxa para detrás de si, o topo da sua cabeça alcança as coxas douradas que escapam do vestido vermelho. Os saltos dela, ferozes e pontiagudos, fazem você se sentir menor e mais jovem do que verdadeiramente é.

— Claro que você chegaria atrasado para o aniversário do seu próprio filho, hein, Roberto!

Seu pai murmura alguma coisa e se inclina para abraçá-lo. O cheiro dele, de limões e algodão, continua o mesmo, e você inspira com força enquanto ele sorri e lhe estende um pacote. Ele o olha com expectativa, mas você demora até soltá-lo e começar a rasgar o papel colorido. Os contornos de uma caixa surgem enquanto o pai explica que pegou um trânsito enorme, Marisa, pelo amor de Deus, não vá começar, e então você vê o console preto e longilíneo, os controles sinuosos onde se encaixam suas palmas pequenas. Você finge tossir, buscando a cumplicidade de um olhar com o qual pudesse alertar seu pai, mas a mãe é mais rápida — você não sabe até hoje que seu filho não joga videogame, Roberto?

Você busca a mão de seu pai, enorme e cheia de calos como você se lembra, custa prestar atenção no que o menino realmente gosta? Todos os garotos da idade dele querem um desses, Marisa, quando ele jogar é impossível que não goste, venha, filho, vou lhe mostrar. Você acompanha seu pai enquanto ele segue devagar pela sala, como se houvesse esquecido o caminho, cumprimentando os parentes com um aceno distante. Quando um dos tios tenta se aproximar, seu pai se vira para você e pergunta por Leo, o antigo trenzinho com que costumavam brincar, mas você já não curte trens automáticos nem videogames, e tem vontade de chamá-lo até o seu quarto para contar sobre as coisas de que gosta agora, e ele com certeza se lembraria depois. Mas o pai continua até a tevê, falta você depositar quase metade da pensão, você quer falar desse assunto na frente de todo mundo, Marisa? A mãe diz que não se importa, seria bom mesmo que todos soubessem que tipo de pai ele era. Você tenta puxar a barra de seu vestido, mas ela não percebe, o crepe vermelho deslizando silenciosamente pelos seus dedos.

Aposto que para aquela vagabunda você não deixa faltar nada, prefere prejudicar o seu filho, o pai larga os cabos ligados pela metade, você acha que não sei o que você faz com a pensão, Marisa, o menino não vê a cor desse dinheiro, espera só até o juiz descobrir, o meu advogado... você aperta os dedos do pai, diz que quer lhe mostrar os últimos desenhos que fez para a escola, mas você está bêbada, Marisa, é impossível conversar com você, até numa festa você insiste em ser desagradável. E se eu estiver bêbada, é da sua conta? Pelo menos eu sei que o meu filho não gosta de jogar videogame, fala pra ele, meu amor, você detesta videogame, não detesta? Todos se viram para você, mesmo as tias ao fundo que fingem não perceber nada, você não quer aprender a jogar, filho? Você disse para a mamãe que odeia videogame, não foi? Você abre a boca, mas não sai uma palavra, olha só, você está confundindo o menino, tudo tem sempre que ser do seu jeito, Marisa?

Eu sabia que não devia ter vindo, olha o escândalo que você está fazendo na frente da família inteira, a mãe cruza os braços, a minha vida é um livro aberto, Roberto, não sou como você, que apronta às escondidas. Você chama — pai —, o coração acelerado, mas ele rebate, sou eu que sustento seus luxos, Marisa, a mãe solta um uivo sarcástico, você vai até ela e tenta — mãe —, mas ela continua: grita, grita mesmo Roberto, que é pra todo mundo ver que você é um grosso, um ignorante... As tias se afastam e cochicham, você sente uma ardência incômoda detrás dos olhos, o pai está dizendo que vai embora, a mãe abre os braços e fala que tinha certeza de que ele não ficaria mais que dez minutos no aniversário do próprio filho, os cabos jazem abandonados sobre a estante, pendurados como artérias negras cortadas ao meio.

O pai sai para o corredor, você ouve as vozes sumindo pelas escadas, os parentes escoando às pressas numa cauda comprida e, naquele dia, ninguém lhe deseja boa noite.

OVELHA NEGRA

~~no meu tempo era diferente enquanto você viver
debaixo do meu teto~~ *você não sabe o que é
cansaço*

Acho que ela queria que eu dissesse: quando eu tinha quatro anos, a minha mãe se matou. Ela já tinha escutado a história toda um milhão de vezes, da boca da minha tia, da outra terapeuta, mas não de mim. Foda-se o que ela queria, eu só venho aqui para fazer minha tia gastar o dinheiro das consultas, trezentos reais a hora para eu esticar as pernas no sofá de suede e ver os aviões cruzando a janela, sem abrir a boca. O consultório é um caixão de madeira, as estantes cercando as paredes entre narinas de vidro temperado, com película fumê. No meio de tudo, senta Patrícia, e me pergunta um monte de merda. Toda terça chego no horário, sala 502, Patrícia levanta para me receber, eu sigo até o sofá e não me mexo até ela suspirar a derrota e dizer que nosso encontro está terminado.

No miolo do tempo, ela quer saber como estou me sentindo, o que é uma puta pergunta idiota. Quer que eu fale sobre a minha mãe. Patrícia parece presa à minha infância como se fizessem força do outro lado dos anos e a puxassem para o vômito de memórias daquela tarde. Quer extrair de mim alguma coisa que possa transformar em algo coeso, que caiba nas anotações — eu não lhe entrego nada, não estou aqui para parir as criaturas que ela deseja, os monstrinhos nojentos que espreitam dos rodapés da psicanálise. Às vezes, tenho vontade de encará-la e falar a minha mãe está morta, já faz mais de vinte anos, porra. Supera. Mas tenho certeza de que ela anotaria até aquilo no maldito bloquinho, então fico calada. Sei que ela dirá à minha tia que ainda não avançamos, mas é um bom sinal eu continuar aparecendo, encarar um trauma é um processo longo e sem garantias. Nessas horas, quase a cumprimento, é preciso admirar a veia capitalista da canalha, realmente não deve ser fácil custear um consultório nesta parte da cidade, mesmo um miserável cemitério de mognos como aquele.

    Ela avisa que nosso horário se encerrou, precisa deixar entrar o próximo paciente. Eu levanto e apanho a mochila, saio sem nem me despedir. Quando eu tinha quatro anos, passei de criança a paciente. Será que a mulher que entra depois de mim é filha de suicida, será que o homem que aguarda na recepção? Penso nas formas pelas quais as mães se matam: enfiando a cara no fogão no meio da noite, cortando os pulsos no chuveiro, tomando remédios, estourando os miolos com uma pistolinha. Ou o método preferido da minha mãe, acelerando o carro por uma ponte, bem no trecho onde a grade de segurança estava em manutenção. As possibilidades são infinitas, mas nem todas mobilizam uma equipe inteira de dragagem para vasculhar o leito do rio, nem todas bloqueiam o trânsito de uma ponte por sete horas, e nem todas chegam aos noticiários locais — algumas mães se matam mais discretamente, não viram conversa senão dos vizinhos de porta. Então, mesmo nessa hierarquia de mulheres desgraçadas, a minha mãe está em algum lugar perto do topo — *Mãe mais filha da puta deixa órfã...*

A tarde me cega de carros e comerciantes. De executivos amassados falando no celular. De crianças que brincam no parque logo em frente e de mães que não se mataram, e agora retocam batom e protetor com um espelhinho de bolso. Atravesso a rua sem olhar para os lados porque não tenho medo do tamanho da vida. O ponto de ônibus fede a sovacos, o meu também, o ar queima a trinta e cinco graus e me estufa de asfalto; preciso pressionar minha tia a agilizar o Celta azul-escuro do vizinho, somente vinte mil quilômetros rodados, pneus um pouco gastos, uma ninharia. Ela só hesita porque acha que eu poderia muito bem atravessar um muro, para ser empalada de concreto, costurando a pele nas ferragens; um muro que ela nunca teria visto, para o qual não teria se preparado. Olhar um muro e decidir se é sólido o suficiente para matar alguém.

Pego a condução e ali dentro a velhice chega mais rápido: os corpos decrépitos escorando-se nas janelas sebentas, o lado de fora correndo a pressa dos semáforos. Sento no fundo, os buracos no assento expõem a espuma amarela. Ao meu lado, um garoto lambe um sorvete, o cheiro de baunilha é um diário, a última vez que vi a minha mãe viva foi quando ela me chamou para tomar sorvete, desfiando pedidos — calce-os-sapatos, pegue-a-bolsinha. E eu, com a tarde toda em branco, surpresa, calcei os sapatos, peguei a bolsinha, a coisa vagabunda de plástico em que enfiava as moedas que esmolava da família. O garoto erra uma lambida, uma gota cremosa escorre por seu queixo e se pendura ali como um morcego. Eu torço as mãos como se ainda esganasse galinhas no pátio da casa do interior de minha tia, antes que viéssemos para a cidade; o sangue coagulado precisava ser mexido, então ia para o molho. Estalo os dedos, os fantasmas dos pescoços. *Crec*. O garoto olha incomodado, a gota enfim quebra a tensão superficial e se esvazia sobre seu colo, *crec*. Estamos inundados de baunilha, segui a minha mãe naquela tarde até o Chevrolet estacionado na rua, a casa não tinha garagem. Quase dois meses trancafiada, a redenção do sorvete para a filha que logo deixaria de ser. *Crec*.

Desço na décima sexta parada, enjoada. O subúrbio morde a garganta, o conjunto deprimente de prédios com varandinhas burguesas. Com garagens, bem fundo na boca do subterrâneo. Naquela outra tarde, fui ao Chevrolet e esperamos dez minutos até a ignição pegar, mas o Celta do vizinho roda bem, eu testei um desses dias quando deixei que o sacana pusesse as mãos nos meus peitos. Dirigi quase uma hora com ele do lado, atrás de uma ponte; só fomos encontrar uma depois do limite do município, na estrada para Tupinambás. Eu, o vizinho, o Chevrolet de anos atrás. Na entrada da ponte, acelerei ao máximo, invadi o acostamento, bem rente à queda, ferro nenhum mediria forças com uma tonelada a cento e cinquenta quilômetros por hora. O vizinho gritou, meus peitos não valiam uma morte daquelas, mal enchiam um sutiã tamanho médio, com aro por baixo. Pisei no freio e derrapamos, comi uns bons anos daqueles pneus, foi quando virei para ele e disse que poupasse o escarcéu, não me faltava criatividade — melhor seria trombar com um muro. Ele deve ter contado para a minha tia, descobriu que quando eu tinha quatro anos. Agora já não nos falamos, ele abaixa a vista ao cruzar comigo no elevador.

Segundo andar, um pulo da sacada e quebraria no máximo um braço ou uma perna. Sinto um pouco de pena da minha tia, deixar a casa cheia de jardins e galinhas para se enfurnar neste segundo pavimento, quatro por andar; mas daí lembro que ela permitiu uma criança aos cuidados da irmã histérica e depressiva, minha mãe tecendo por longas vésperas o casulo do qual eu emergiria paciente psiquiátrica, caso-perdido-para-a-vida-toda. Tomo posse desta condição enquanto busco as chaves e abro a porta. Sou recebida pelos tapetes gastos, um território de contrastes: a mobília, metade da minha mãe, metade da minha tia, metade de seu marido. A metade de meu pai nem eu carregava, deixei passar por mim aqueles genes como quem foge de si, como quem se purifica; dele ao menos sabia o nome, enquanto o de minha mãe só fui aprender com quase treze anos de idade — ele sempre Valter, ela era Nhazinha nos beliscos das minhas lembranças. Eu escrevia Nhazinha nas cartas que a psicóloga mandava escrever, cercada de cubos coloridos e desenhos de girafas. Minha tia sempre Nhazinha isso, Nhazinha aquilo, mesmo depois de morta, afogada, destroçada, comida de peixes. Na hora da carteira de identidade foi que vi o nome dela — Helena. Eu tinha amaldiçoado a pessoa errada todos aqueles anos.

Passo pela sala e a ausência dos chiados da cozinha. Ainda o nariz entupido de baunilha, a minha mãe sabia que seria o último sorvete que tomaríamos juntas, eu, não. Ali, a primeira desvantagem, o derradeiro instante de infância, antes; a quase normalidade com mãe, sem amor, com sorvete duas bolas cobertura de chocolate e *wafer* espetado, sem chantilly, mãe e filha, uma colher. Ela estava de amarelo, não sei se me recordo de seu rosto ou se implanto na memória a imagem desbotada das fotografias, encho um copo com água e bebo até derramar o estômago. Meu prato aguarda na geladeira, não tenho fome, se pudesse, enfiaria os dedos pela traqueia e me enforcaria. A morte sempre à distância de uma ou duas conjecturas, me falta a energia para a execução, é mesmo o que todos esperam que eu faça; também, se nunca atendi às expectativas alheias, não será agora que irei começar.

Entro no corredor, a porta do quarto de casal fechada, quando me aproximo, ouço os sussurros, os gemidos escorrendo moles pelas frestas; fico puta porque lembro as inúmeras vezes que passeei de shortinho pela casa para ver se arrancava um olhar lascivo daquele homem, e nada, olhava para mim como se eu já estivesse morta. Para minhas pernas magras, apreciação nenhuma, até pena, até cuidado de pai — Deus me livre de outro pai, se me afastei de um não foi para substituir por outro numa altura dessas da vida. E agora, no meio daquela tarde grávida de pensamentos atrozes, de esquecimentos mal digeridos, mete sem pudores na minha tia, fazendo-a gemer, estremecer as varizes. Enterra-se nela e na vida de casado, eu lhe disse que não éramos parentes, que não havia nada proibido numa união escandalosa, era mesmo o tempero do ato — espero que ele não ache que me atraem suas bochechas flácidas, a barriga cheia de pintas. Pensei que ele pularia sobre a oportunidade, mas me degradei em vão, ali está o grandessíssimo filho da puta socando numa sexagenária, deitada em meu lugar em cima da cama, numa posição que não comprometa a lombar.

Meu quarto gravita em torno da xícara de café que eu nunca bebo e que sempre me espera quando saio do banho. Meu quarto, um retalho de minhas versões aos treze anos, aos quinze, aos vinte e dois — o armário cheio de roupas, sapatos, o computador de mesa, os livros espalhados no chão, nestas horas me sinto grata à minha mãe, se ela não tivesse se suicidado, não me permitiriam esta vida indolente, este vazio de planos, ninguém espera nada de mim além da sobrevivência diária. Eu sobrevivendo a mim mesma, rodeando o café sem tomar. Um dia, irei derramar a xícara em cima da colcha; um dia, um sorvete. Eu com a bolsinha de plástico no colo, engolindo cerejas às colheradas, não consigo lembrar o que conversamos, o que diz alguém que decidiu morrer? Minha mãe pediu para mim o sorvete grande de baunilha, estava atrasada nos traquejos da maternidade, sequer sabia que eu não gostava do sabor. Mas fazia dois meses, eu, a filha anônima que ela não colocava para dormir, dentro dos sapatos velhos eu comeria qualquer coisa que ela pedisse, até hoje não consigo pedir outro sabor.

Mesmo com a porta fechada, continuo escutando os gemidos, não é possível que ainda estejam nas preliminares. Minha tia suando por baixo da boca do marido, as paredes poentes se liquefazendo, depois o cheiro acre se espalharia por tudo, eles abririam a janela para disfarçar. Minha tia vivíssima, no desfazimento dos órgãos, o mundo acabando ao redor, a violência das ruas, a irmã suicida, a sobrinha-paciente-psiquiátrica, o jantar por fazer e ela gozando como nunca, as molas rangem a ponto de acordar os defuntos e suas memórias, as pernas abertas num parto invertido que a encherá de sementes que não brotarão. Minha mãe enterrada longe, o rosto meio devorado por enguias, eu nunca tive coragem de perguntar se a minha tia sabia, se o marido dela, se a empregada que aparecia às quintas-feiras apenas para ser escorraçada pelos cachorros. Se as meninas com quem eu brincava. Se as mães delas. Se a assistente social, certamente a assistente social. Sabia e me deixou ali, para ser levada ao último sorvete, para ouvir as palavras banais da minha mãe naquela tarde, não disse nem que me amava, eu tinha quase certeza.

 Eu devia começar a distribuir currículo, mas foda-se. Este labirinto é um dos efeitos colaterais do consultório de Patrícia, toda vez que vou ali o silêncio amuralha o passado, os restos sedimentam nas paredes do meu crânio, saio muito pior do que entrei — da sala 502 direto para a sorveteria. Do fundo do armário, saco uma garrafa de uísque que roubei da despensa enquanto minha tia fingia se distrair; bebo pelo gargalo, um gole que eu sempre visto de libertação, um afago que ao menos mente com sinceridade. Quando eu tinha quatro anos, o suicídio e suas circunstâncias monopolizavam os fiapos de devotamento, melhor teria sido se lhe dessem uma pistola em vez dos comprimidos que ela despejava sem cerimônias no vaso sanitário. Minha tia fingia não ver, enterrava avisos na piedade dos olhos, coitada da Nhazinha. Coitada.

Recordo muito mal onde vivíamos antes, eu e minha mãe. Nada tão organizado quanto aquele apartamento, tenho uma impressão confusa de desordem, pinceladas de tédio, cachorros. Minha mãe jogando gude com as pílulas, um cachorro vinha e lambia tudo, mas não deve ter gostado, uns dias modorrentos e depois preferia caçar bichos no mato. Cereal e leite, bananas, às vezes uma sopa que era pó dentro de um saquinho, eu gostava quando a minha tia aparecia porque trazia chocolates. Ela me pegava no colo e eu, arredia, desacostumada ao contato de outro corpo, era uma criatura selvagem de cabelo emaranhado e vestidinho. Anos depois, aprendi que minha mãe vendia cosméticos por uma revista, as vizinhas apareciam à nossa porta para pedir, traziam as filhas para brincar comigo, eu, a única que ainda não estava na escola. A casa foi vendida quando ela morreu — *Suicida atira-se de ponte, deixa órfã* — e minha tia, ao invés de se esbaldar nas praias do Nordeste, separou o dinheiro numa conta específica, para o meu futuro; se tivessem me perguntado, eu teria dito que a ideia era ridícula. Recebi a grana quando fiz dezoito anos e daí torrei cada maldito centavo que ela tocou e deixou para trás — o lixo daquela existência de merda que ela viveu.

O uísque, o calor, no outro quarto estão pouco se fodendo, os dois gozando enquanto eu me enjaulo dentro de mim mesma, reunindo o *momentum* que vem no vigésimo gole, ou trigésimo — aquele ponto em que a realidade se borra deliciosamente nas margens. A verdade é mais intensa, cheia de lapsos em que tropeço, entro novamente no corredor e bato à porta deles com a violência dos anos, que agora eclode e germina seu gosto azedo na minha língua.

— Dá-lhe, tia, isso mesmo, que falta faz uma boa trepada, mostra pra ele, tia!

Do outro lado, param de chacoalhar a cama, eu de tocaia dentro da minha pele, respirando uísque barato, foda-se, a ponte estava no caminho, ela passava ali sempre que tinha que ir ao supermercado, talvez pensando hoje vou me jogar e perdendo a coragem, até sufocar na casa magra e na filhinha inútil. A finitude não aguardava depois da ponte, estava nas unhas e nas paredes, a vida terminando a cada amanhecer entalado nas janelas: tique-taque, tique-taque, tique-taque. O Chevrolet acordava coberto de orvalho, amassado nos cantos, o rádio quebrado deixava intacto o único CD tocando Paralamas. O banco traseiro repleto de revistas de beleza, eu sempre ia na frente sem cinto de segurança, ela também. Alguém lhe deu o dinheiro da gasolina, alguém prescreveu os remédios supérfluos, alguém ignorou quando ela furou o semáforo, ninguém se mata sem a ajuda de uma dúzia de outras pessoas.

Ouço a minha tia se levantar e enfiar o moletom, antes de ela rodar a maçaneta já estou trancada no meu quarto, navegando o uísque rumo a novas epifanias e ódios antigos. Queria que a tivessem abandonado no leito do rio, que apodrecesse inteira no estômago de peixes imundos. Que rasgassem sua barriga e derramassem suas tripas na lama, que cortassem o cadáver por partes, que usassem o corpo como ninho de larvas. Quando a recuperaram dos destroços do carro, seus olhos estavam fertilizados de susto, eu vi numa fotografia — despencou de olhos abertos, e talvez tivesse pensado que ideia de merda, ou talvez adeus, babacas, rodem vocês essa puta roda de hamster.

    Minha tia me chama do corredor, ouço a voz do marido, depois ele se cala porque quando eu tinha quatro anos — ele se sente um pouco meu pai. Eu os irrito, eles lembram e me perdoam todas as vezes, estarão debatendo agora mesmo sobre o Celta do vizinho, vencerá o marido, que dirá melhor não arriscar. Quanto mais os provoco, mais tentam me mimar, me cobrir daquilo que a minha mãe não deu e eu não sei digerir. Vamos conversar, querida, mas não quero sentir o cheiro do sexo deles, nem lembrar que não tenho desejo nenhum, nem vontade de nada fora daquele quarto. Minha tia diz que fará meu bolo favorito, na verdade o único que eu como, as maçãs carameladas no topo pintadas de canela, se afasta e o marido liga a televisão, estão acostumados com as tardes de terça-feira. O uísque já está no final, me arrasto para o banheiro conjugado, a lâmina aguarda debaixo dos chumaços cor-de-rosa de algodão.

    Ergo a manga da blusa, no antebraço direito, a rede escarlate dos pequenos cortes pelos quais eu respiro. Tendo falhado em ser sua filha, tomei o sorvete. Mastiguei as cerejas. Eram cerejas falsas, sem talo, basicamente bolas de açúcar em cima de um sabor insípido. Ela me perguntou está bom, eu disse que sim, mas ela nem prestou atenção. Pagou distraída, ninguém a impediu de sair e me levar até o Chevrolet onde se repetiam os Paralamas, eu, sonolenta, adormeci no banco da frente, sonhando com a cabeça apoiada no vidro enquanto ela cruzava o sinal vermelho e acelerava sem reservas até a ponte — pego a lâmina e corto exatamente sobre os rasgos de ontem, a minha mãe afunilou o carro exatamente pela fresta na grade de segurança, era uma terça-feira salgada quando dormi criança e acordei paciente.

A CAUSA

~~não me faça parar o carro de castigo agora mesmo~~
pois saiba que dinheiro não dá em árvore

Eu leio para papai toda manhã. Gosto de começar o dia assim, com Robert Frost ou Adélia Prado, e papai finge olhar pela janela, mas tenho certeza de que ele está escutando e que as palavras se misturam à visão do jardim. É um homem quieto, ainda mais agora; acho que é isso que acontece com as pessoas que vivem demais: perdem a vontade de conversar, ficam muito cansadas e preferem olhar coisas insignificantes, as próprias unhas ou os insetos que passeiam pelo piso, como se registrassem lembranças de última hora. Não tenho certeza sobre o que nos espera depois da morte, mas posso dizer com segurança que deste lado da vida a poesia é de grande ajuda. Às vezes, eu mesma adapto algumas traduções, para simplificar para papai. Por exemplo, no livro está escrito *duas estradas divergiam num bosque, e eu — eu tomei a menos trilhada,* mas trilhar não me parece o verbo mais adequado, nem de longe. Atrasa na língua, então por que não *viajada,* a estrada menos viajada soa melhor e ainda por cima é uma tradução exata. A precisão é algo que valorizo muito, revela uma mente disciplinada, capaz de longos planejamentos. Por isso, um dia li assim e sorri satisfeita para papai, para ver se ele tinha notado aquele truque, mas ele não disse nada. Às vezes, desconfio que a poesia o abala ainda mais do que eu imagino.

No silêncio depois da leitura, papai costuma entrar num de seus humores e é preciso acalmá-lo com os comprimidos receitados pelo médico. Tenho tanta pena dele que de vez em quando sinto vontade de dar uns comprimidos a mais, apenas para prolongar aqueles momentos em que os músculos dele relaxam e ele descansa sobre a cadeira de rodas feito massa de pão, confortável debaixo de um tecido quentinho. É para combater instintos como esse que confesso tudo a Margot quando ela vem nos visitar: a vez em que ele aproveitou que fui buscar um sabonete para afundar a cabeça na banheira, e hesitei por um instante antes de puxá-lo pelas axilas enquanto ele se debatia; ou a vez em que ficamos no sol tempo demais e papai teve febre por uma semana. Margot me lembrava de que não havia chegado a hora de papai, que não podíamos brincar de Deus com a vida de alguém. Depois, me tranquilizava dizendo que era normal que eu me sentisse daquela maneira, e a culpa a fazia deixar um cheque gordo em cima da estante.

Durante os cochilos medicamentosos de papai, eu aproveito para fazer a patrulha. De início, eu não tinha gostado daquele termo porque primeiro o ouvi dos vagabundos que se amontoavam nas mesinhas de plástico do bar da frente. Devia fazer uns três ou quatro meses desde que passei por ali e um deles gritou:

— Lá vem a patrulha canina!

Eu já tinha aprendido a uma altura daquelas que não adiantava discutir com homens, muito menos se estivessem embriagados. É só uma mulher abrir a boca que eles ridicularizam cada palavra, ou pior, tentam mostrar a ela o quanto está errada. Na maioria dos resgates que fiz, os donos eram homens, então por aí se vê que já estava acostumada com esses insultos, mas isso não impedia que eu quisesse derramar uma garrafa inteira de cerveja na cara deles. Depois desse dia, bastava eu sair de casa para surgir um coro de uivos e assobios do bar, *lá vai, lá vai a patrulha*, e um monte de risos, ainda que eu estivesse com o carrinho de feira ou claramente vestida para uma festa. Uma vez, contra o meu próprio bom senso, me aproximei e tentei explicar a importância do trabalho que eu fazia, descrevendo como muitos cães do bairro viviam em condições deploráveis e não tinham a quem pedir ajuda. Fui ficando cada vez mais animada, meus argumentos me pareciam lógicos, irrefutáveis: quem em sã consciência não defenderia um animal inocente? Mas, ao final, tudo que eles disseram foi — ora, é só um cachorro. Eu tinha que ser maluca para estar fazendo todo aquele escândalo.

Quando narrei esses fatos nas redes, tive mais comentários que nunca e um aumento significativo de doações; foi aí que resolvi me assumir patrulheira e até criei um distintivo que postava junto com as fotos dos cachorrinhos resgatados. Nunca posso ficar muito tempo com eles porque tenho as mãos cheias com papai, mas até suas novas famílias virem buscá-los eu tenho gastos de ração e veterinário, e é para isso que servem os donativos. A aposentadoria de papai vai para a casa e para os remédios, o que sem dúvida deve agradar-lhe — é um homem que nunca aprovou despesas desnecessárias. Quando éramos crianças, eu e Margot pedíamos bonecas ou vestidos de aniversário, mas nunca ganhamos mais do que um bolo de chocolate e um pacotinho de doces. Lembro de perguntar a mamãe se éramos pobres e ela me respondeu com a voz de papai, enquanto dobrava a roupa: quem guarda, tem. Mas isso não impedia papai de passar o domingo todo na garagem, trocando peças do Impala Sport verde-musgo herdado do meu avô. Aquela lata velha custou uma nota em restaurações e, mesmo assim, papai a tratava melhor do que jamais fez com qualquer pessoa. Depois de ele ficar doente, Margot disse que o carro valia uma grana, muito mais do que havíamos pensado — todos aqueles anos estivemos sentadas numa verdadeira fortuna. Margot queria vender o Impala para colecionadores e investir o dinheiro, mas eu disse que não seria certo fazer aquilo com papai. O amor dele por aquele carro era tamanho que, se ele pudesse ter trocado nós duas por um carburador Eldelbrock original, teria feito isso sem nem pensar duas vezes.

 A patrulha funciona assim: primeiro, eu desço a rua virando à esquerda, passando pelo bar e por uma praça suja com uma fonte desligada servindo de depósito para latinhas vazias e bitucas de cigarro. Nesse trecho, há três casas que sempre gosto de observar — na verdade, gosto que os donos saibam que estou de olho neles. Aquelas são casas quase sem quintal, mas, mesmo assim, todas têm um canil acoplado nos fundos: uma casinha de concreto espremida no muro, onde dormem um ou dois cães acorrentados. Eu acho uma barbaridade acorrentar um cão, ainda mais quando já quase não tem espaço para esticar as pernas; só que, das vezes que eu chamei a polícia, demoraram tanto que os moradores tiveram tempo de soltar os cachorros e fingir que tinham prendido somente por alguns instantes, enquanto terminavam de faxinar a casa. Esse é o tipo de história que os policiais ficam felizes em acreditar, então não é necessário muito esforço para convencê-los. Pelo menos agora, quando me veem, os donos correm para soltar os cachorros, e talvez seja a única hora do dia em que os coitadinhos podem andar livremente e respirar sem um ferro apertando a garganta; isso é suficiente para me dar ânimo de encarar os rostos hostis, ou o que quer que apareça.

Nesse tipo de trabalho, precisamos aceitar que sempre deixaremos alguém enfurecido: a polícia, para quem eu ligo toda semana, os bombeiros, os proprietários do animal. No início, disfarçam, tentam se mostrar cooperativos, embora mal consigam esconder que não dão a mínima para o que eu estou falando. Quando os policiais percebem que não vou desistir, começam as enrolações: querem saber se eu contatei a associação protetora, ou checam o nome da rua para ter certeza de que não faz parte de outro distrito, para onde possam me despachar. Dizem que o sistema está fora do ar, que eu teria que voltar depois; eu sempre respondo que prefiro esperar ali mesmo e, no final, peço uma via assinada da denúncia para ter certeza de que encaminharão o processo. Os donos dos cachorros gritam comigo e me ameaçam, batem o portão na minha cara, jogam frutas podres na minha roupa. Resumindo, trata-se de um trabalho de formiga e, na maior parte do tempo, parece que eu não estou avançando um passo sequer. Mas esse tipo de coisa não me desestimula, ao contrário — faz alguns anos que nada me dá tanto prazer como uma boa briga.

O meio do bairro é um emaranhado de ruas com calçadas desniveladas, muitas flores e poucos cachorros; bastante gente hoje em dia prefere gatos ou tartarugas. As flores são botõezinhos selvagens que brotam dos tufos de grama, emergindo de furos no concreto, como no poema de Drummond. Às vezes, eu me pergunto se os estrangeiros têm tanta dificuldade para traduzir os nossos poemas quanto temos em traduzir os deles; como seria dizer *e agora, José* em francês? Seria uma pena se usassem as palavras erradas, se o ritmo e a beleza se perdessem, convertendo-se numa série de listas. Pensar na perda de um poema por entre os abismos da tradução é algo que me comove profundamente. A verdade é que sempre quis ensinar literatura ou, talvez, me formar tradutora; de todo modo, a ideia de escrever nunca me atraiu, porque há tantas grandes obras a serem analisadas, abertas com bisturi e dissecadas, que não me parece necessário que nada de novo seja escrito por pelo menos algumas décadas. Foi papai quem determinou que eu e Margot não prestaríamos vestibular, porque isso implicaria mudar de cidade, alugar um quartinho e comer fora por quatro anos, o que ele considerou uma despesa impensável. Mamãe, por sua vez, aprovou que ficássemos por perto, para ajudar nas tarefas domésticas.

Eu termino a patrulha pelo lado direito da rua em que moramos. A parte final é a mais complicada, e é nela que fica o meu caso mais sensível: a casa 402. Não há nenhum problema com a casa em si — tem um pátio espaçoso, sombreado. A cadela, Alasca, é uma vira-lata de médio porte, branca com uma rajada marrom na barriga, e olhos de cores diferentes, um azul e outro castanho. Apenas esse fato já mostra que é uma cadela extraordinária, porque a heterocromia é muito incomum fora de algumas raças. Os donos, um casal de comerciantes, à primeira vista não chamam muita atenção; sempre me cumprimentam, se não com simpatia, ao menos com respeito. Não se importam se chamo a cadela e coço o espaço entre suas orelhas, nem se lhe dou um petisco por entre as grades do muro, aproveitando para confirmar que está bem alimentada, sem marcas ou feridas. Mas já faz algum tempo que observei uma mudança no comportamento de Alasca: quando eu a chamo, ela não vem, mesmo que eu ofereça pedaços de carne; e passou a assumir uma postura encolhida, tímida, mirando-me de longe com uns olhos apáticos. Aquilo tudo me acendeu um alerta.

Depois de uma semana em que tentei de tudo para fazê-la se aproximar, acabei chamando a dona, num horário em que percebi que o marido dela não estaria. Como disse, a experiência me ensinou a evitar os homens sempre que possível. Achei que a esposa seria mais dócil e fácil de abordar, mas ali me enganei: dona Marieta era uma mulher miúda, mas feroz. Quando percebeu que eu perguntava sobre o comportamento de Alasca, disse rispidamente que a cachorra tinha perdido uma companheira, a cadela de sua irmã, com quem brincava quase todas as tardes. Eu respondi que então seria o caso de lhe fazer companhia, para que não se sentisse tão sozinha, e daí a mulher perdeu a paciência — me enxotou da calçada, mandou que eu fosse cuidar da minha própria vida. Não era nada que eu já não tivesse escutado mil vezes.

Todos os dias, quando volto para casa, após uma ou duas horas de ronda, papai está me esperando de olhos abertos em cima da cama. Ele não tem mais forças para se levantar sozinho e já percebeu que rolar para o chão não gera maiores resultados, então agora simplesmente me aguarda com a vista fixada no teto. Coitado de papai. Às vezes penso que ele já aguentou o suficiente, mas Margot insiste que não há nada que possamos fazer. Eu acho prudente ouvir Margot sobre qualquer assunto, porque ela é uma pessoa muito prática e desprovida do mínimo de imaginação. Digo isso sem maldade nenhuma, vivemos num mundo com pouco espaço para a criatividade, em que a característica mais valiosa de alguém é ser capaz de demostrar juízo, o que Margot sempre teve de sobra. Assim que descobriu que não poderia cursar a faculdade, Margot resolveu vender bolos para fora, o que com o tempo se converteu num negócio muito lucrativo. O mais impressionante é que ela nem gosta de bolos, mas talvez por isso mesmo tenha o distanciamento necessário para jamais errar uma receita. Ela me disse mais de uma vez que a confeitaria era uma mistura de números, mililitros e gramas, e que até uma criança poderia se sair bem numa coisa assim.

Eu achei aquilo um pouco triste, mas também sei que eu me entristeço com a maior facilidade do mundo.

Enquanto preparo o almoço, papai vê televisão. Não sei se ele ainda consegue acompanhar os programas, mas o ruído me distrai; coloco sempre na TV Cultura porque gosto dos desenhos educativos. Se papai estivesse prestando atenção, com certeza também aprenderia uma coisa ou outra, mas ele tem dificuldade em erguer o pescoço para ver as imagens. Mesmo se eu apoiasse a cabeça dele com almofadas, quando eu chegava com a comida ele já tinha voltado a encarar os tapetes. Talvez seja apenas a memória muscular, porque papai passava muito tempo com a cabeça baixa diante das entranhas do Impala Sport, arrancando e repondo peças complicadas, ou polindo as laterais — uma vez o surpreendi sussurrando para a lataria enquanto a alisava; chegou a cheirar os bancos de couro antes de guardar as ferramentas. Se alguma de nós o interrompesse, o castigo era certo. Papai foi um homem vigoroso, de veias inchadas; eu costumava ter medo dele mesmo depois que cresci. Mas hoje em dia ele não consegue sequer espantar as moscas que pousam sobre seus ombros, atraídas pelo cheiro da carne. Eu espero que ele ainda tenha o senso de humor necessário para perceber a ironia daquilo.

Pelas tardes, eu atualizo as redes e escrevo um ou dois artigos comissionados para sites voltados à proteção de animais domésticos. O pouco que me pagam é minha única fonte de renda, mas nunca precisei de muita coisa, e a verdade é que jamais me recuperei de não ter sido mandada à universidade. Me parecia que, se não pude estudar literatura, não havia muito sentido em fazer qualquer outra coisa; isso até me envolver com o resgate dos cães. Posso afirmar com toda a honestidade que os cães salvaram a minha vida: eu estava afundando quando Laica cruzou o meu caminho, a primeira cachorra que resgatei de um homem que só a alimentava com restos, três vezes por semana. Margot me dava um monte de conselhos bem-intencionados, perguntando por que eu não tentava isso ou aquilo, oferecendo inclusive pagar as mensalidades do curso de Letras na capital, mas aos quarenta e cinco anos eu achava que a minha hora tinha passado, que já não teria forças para encarar uma mudança daquelas. Os cães foram a única coisa capaz de me dar um propósito.

Resgatar animais vítimas de maus-tratos, na realidade, é menos um trabalho do que uma obsessão. Mesmo depois daquela explicação chinfrim, não consegui tirar Alasca da cabeça; acelerava os trechos iniciais da patrulha apenas para ter tempo de analisá-la com calma, buscando desvendar os sinais que ela estaria me dando. Como seria bom se os cachorros pudessem falar! Então eu poderia simplesmente perguntar a eles como estavam se sentindo, e se alguém os tinha machucado, com a mesma gentileza que se usa com as crianças pequenas. Mas do jeito que as coisas são, é preciso intuição e paciência. Um mês depois da suposta morte da amiga, Alasca continuou amuada, distante. É uma cadela belíssima, me partia o coração vê-la tão abatida; quando a observava, ela me avaliava brevemente e então desviava os olhos, desinteressada. Seria impressão minha ou buscava proteger o pescoço com as patas ao se deitar? Não podia estar com fome, pois os petiscos que eu levava não ganharam sua atenção nem por um segundo — mas também não a via comendo. Decidi mudar o horário da patrulha e aparecer quando menos me esperavam, arriscando deixar papai por conta própria, mas sempre a encontrava da mesma maneira: retraída junto ao muro de trás, parecendo indisposta.

Enfim não aguentei e toquei a campainha; era manhã de domingo. Seu Tonho, o marido, foi quem abriu a porta, e a esposa deve ter comentado que eu vivia rondando a casa, porque a expressão dele se fechou assim que me viu.

— O que a senhora quer a uma hora dessas?

Comecei a explicar as minhas suspeitas, mas ele me interrompeu:

— Pelo amor de Deus! — e olhou em volta como se esperasse que alguém viesse me arrancar dali. — A senhora é louca! Se continuar aparecendo aqui, vamos ligar para a polícia, entendeu?

Bateu a porta com tanta força que chacoalhou a madeira; eu ainda aguardei por uns momentos para ver se ele iria até a cadela, se o que eu falei o teria preocupado de alguma forma, mas logo os escutei tomando café da manhã, com o rádio ligado. Pensei: então é assim. Voltei para casa, servi o almoço a papai e o acomodei na varanda, de onde podia pegar um pouco de sol; em seguida, liguei o computador e comecei a escrever a denúncia. Acho que já escrevi uma centena delas, sempre com fotos do cachorro com a carinha mais triste possível, porque sei que é isso que comove as pessoas — retratos, bem diante das retinas. Eu podia escrever um texto digno de um prêmio que não faria a mínima diferença, mas uma foto opera milagres, tenho comigo as estatísticas: noventa por cento das denúncias que fiz e foram respondidas pelo Ministério Público continham uma foto em boa resolução logo na capa. Esse é um mundo em que não se chega a lugar algum sem o apoio das estatísticas.

Para quem conhece seus caminhos obscuros, a burocracia é uma coisa magnífica. Uma vez iniciada da forma correta, a máquina burocrática funciona lenta e certeira como a foice da morte; parece que não está se movendo, e então despenca, fatal, sobre o pescoço de alguém. É um processo infalível, ainda que trabalhoso. Hoje, depois de dois meses, afinal me ligam informando o horário de realização da diligência; eu termino às pressas a leitura de Keats porque faço questão de acompanhar tudo pessoalmente. Ligo para Margot pedindo que ela venha dar uma olhada em papai, às vezes essas coisas se estendem por horas, e ela jamais recusa porque se sente culpada de quase nunca aparecer por aqui.

— Talvez tenhamos companhia hoje, uma mocinha muito elegante — explico a papai, ao me despedir. Ele não responde.

Chego à casa 402 um pouco antes do horário, mas logo em seguida o carro do fiscal dobra a esquina. É jovem, não o conheço; de todo modo, pela forma que me cumprimenta, percebo que é competente — eu consigo dizer muita coisa de alguém logo de primeira. Dessa vez, ao abrir a porta e dar de cara com o fiscal, o seu Tonho é só amabilidades: que surpresa, que surpresa, entrem, entrem. Percebo que, quando está nervoso, ele repete as mesmas palavras duas vezes, o que me tranquiliza; é um pouco melhor do que aqueles tipos que não recuam e decidem comprar a briga, sem se importar se iriam presos ou não. Um homem que não tem medo da cadeia é capaz de qualquer coisa, como já comprovei inúmeras vezes. Encontramos Alasca prostrada ao lado do tanque; mesmo enquanto mãos estranhas a examinam, ela não reage. Dona Marieta vai explicando que a cadela está de luto, mas é muito bem tratada, mostra a caminha e os potes de água e ração, depois pega Alasca no colo — o que nunca a vi fazer — e alisa o pelo branquinho, saudável. Tenho que reconhecer que não há nenhum ferimento aparente, e Alasca não parece temer a dona, ainda que o tempo todo não olhe para nós, distraída e resignada com as atenções. O seu Tonho, mais confiante, puxa o fiscal um pouco de lado e sussurra que o bairro inteiro já me conhece, que todos sabem o quanto eu sou histérica, desequilibrada.

— Alasca não era assim — insisto, mas sei que estou perdendo terreno. — Está apática, não brinca mais, é claro que tem alguma coisa de errado.

— Ela está sentida, perdeu a amiga mais próxima, uma irmã...

Não acredito naquilo nem por um segundo, mas o fiscal se convence; antes de ir embora, ele me entrega uma advertência sobre falsas denúncias — tenho uma coleção delas na gaveta do quarto. Volto a encarar Alasca do outro lado do muro e, por um momento, me sinto traída: tudo que ela precisava ter feito era latir, ou morder a mão de Marieta, bastavam sinais simples como esses e teríamos podido ajudá-la, levando-a para longe daquele quintal. Mas logo me repreendo: a culpa nunca é da vítima, Alasca devia ter algum motivo para se acovardar daquela maneira. Donos violentos criam cachorros covardes, essa é a ordem das coisas. Saio de lá mais convencida do que nunca de que Alasca precisa de mim.

Encontro Margot no sofá da sala, assistindo a um filme. Papai está tão vidrado na tela que nem pisca quando falo com ele.

— Deu tudo certo? — Margot pergunta, apanhando o celular. Ela tenta esconder, mas não suporta fazer companhia a papai; os dois são como substâncias que, uma vez combinadas, formam algum tipo de gás silencioso e tóxico.

— Ainda não, mas vai dar. Você fica para jantar com a gente?

Margot levanta, vasculha a bolsa enquanto pensa numa desculpa; posso ver a mentira se formando no rosto dela.

— Preciso ajudar a Laninha com o dever — ela arrisca, depois complementa, para se assegurar: — E também estou com muitas encomendas para o fim de semana, ainda preciso confeitar os bolos...

Eu digo que não tem problema, vou até a geladeira e começo a separar os legumes. Margot levanta já com a bolsa no ombro, acaba derrubando o livro de Keats. Ela pega o volume do chão, vendo a capa de relance, e sorri:

— Você lembra o quanto papai detestava seus livros de poesia? Achava uma perda de tempo, por que não dizer as coisas diretamente, ele me perguntava, um homem não precisa de tantos floreios para dizer alguma coisa. E nisso preciso admitir que concordo com ele. Como foi que você saiu assim tão inteligente, meu bem?

Eu dou de ombros, ela me abraça e garante que volta na próxima semana, se eu precisasse de alguma coisa bastava ligar e ela viria correndo. Essa última parte eu sei que é verdade. Quando ela sai, pego o controle remoto e mudo o canal de volta para a TV Cultura. Enquanto corto as cenouras, no desenho, uma turma de garotos planeja aventuras, e penso quanto crescemos querendo ser esses meninos corajosos, ou jovens dinâmicos e cheios de segredos, mas de algum modo acabamos como os pais deles, personagens irrelevantes sempre envolvidos em tarefas repetitivas e inúteis.

Aproveito os dias seguintes para perseguir outro caso num bairro vizinho, mas sempre volto a pensar em Alasca. No blog, alguns seguidores confirmam que uma súbita mudança de comportamento num cachorro pode ser sinal de doença ou de abuso. Não tenho especial afinidade com computadores, mas devo reconhecer que as redes me ajudaram muito. Consegui aprender inglês suficiente para minhas leituras, além de participar de uma série de cursos de literatura e clubes do livro; também foi um alívio descobrir que ainda existem pessoas decentes no mundo, para quem o sofrimento de um animal é intolerável. Claro que eu também recebo reações negativas — querem saber se eu não me preocupo com as crianças abandonadas, ou distribuo sopa aos moradores de rua. Essa gente nunca deu uma esmola na vida, mas é só uma pessoa tentar fazer alguma coisa por um animal que logo tiram do bolso a carta dos moradores de rua.

Mal entramos no outono e o inevitável acontece: com as chuvas de maio, papai sempre piora da tosse. Seu corpo-graveto se dobra ao meio enquanto escarra sobre tigelas e pratos de cerâmica pintados por mamãe quando eu e Margot éramos pequenas. Sentávamos as três na varanda, com bolas de argila e uma jarra de água, além de tintas de todas as cores espalhadas sobre os jornais. Às vezes, ao recolher os pratos, vejo, debaixo das secreções, o brilho vermelho de pétalas finíssimas, cercadas de folhas e ramos entrecruzados. Já não sei se tinham sido obra minha ou de mamãe, e procuro não pensar muito no assunto — depois de certa idade, todas as nossas lembranças, não importa o quão boas sejam, viram lembranças tristes. Eu noto o efeito disso o tempo todo na minha própria vida: os cômodos da casa transformados em palcos fantasmagóricos, em que os atores repetem os mesmos diálogos falsificados, preservados no âmbar da minha memória. Não é incomum que eu me veja buscando objetos onde eles estiveram vinte, trinta anos atrás, ou abra distraidamente a porta do quarto que dividia com Margot, esperando descobri-la sentada na cama. É ao mesmo tempo assustador e doloroso voltar à realidade.

Para não interromper a patrulha, passo a levar papai comigo, porque o médico disse que nessas crises seria perigoso deixá-lo sozinho mesmo por alguns instantes — corria o perigo de se engasgar com o próprio muco. Pobre papai. Os ossos dele crepitam sobre a cadeira de rodas, judiada pelas calçadas irregulares do bairro. Quanto a mim, essas reviravoltas do clima me deixam revigorada: é muito mais agradável caminhar no ar fresco e úmido, e não ter que passar a manhã inteira suando. É verdade que levar papai é um desafio, não temos lá grande acessibilidade nas ruas, mas sei que posso contar com aquela cadeira de rodas e ela não me decepciona, avançando com lealdade pela grama e pelo barro. É num desses dias que vejo fechadas as janelas da casa 402; uma espiadela e comprovo que o carro não está na garagem. Mesmo quando estão trabalhando, dona Marieta sempre deixa alguém tomando conta da casa, então imagino na mesma hora que estão viajando, e aí noto a silhueta de Alasca, circulando vagarosa no pátio deserto.

Na minha cabeça se inicia um monólogo: não é possível que tenham deixado a cadela sozinha. Uma cadela deprimida e possivelmente doente, não é possível, e me sinto invadida por uma raiva esplêndida, grandiosa, capaz de calar qualquer outro pensamento. Nesse instante, tenho a absoluta convicção de que a maioria das pessoas deste planeta não possui a mínima capacidade para cuidar de um cachorro, que lhes falta algo de essencial, algo que os impede de se conectar com outro ser vivo como mandam as leis da natureza. Largo papai e me aproximo da casa; o muro é baixo, não tenho dificuldade nenhuma em trepar pelas grades. Alasca está tremendo e não resiste quando a apanho, puxando-a contra o meu corpo; permanece tão mansa quanto eu me lembro. Noto que a porta para a sala está aberta, então chamo por Tonho, Marieta, quem quer que seja, mas ninguém responde; depois de hesitar um momento, resolvo entrar. O lado de dentro está aquecido e seco, o comedouro tem ração até a boca e água de sobra do lado. Por que diabos Alasca estaria vagando do lado de fora, na friagem? Me asseguro que a casa está realmente vazia e faço aquilo que qualquer um teria feito no meu lugar: pulo o muro de volta e levo a cachorra comigo.

Acomodo Alasca sobre as pernas murchas de papai e a cubro até a cabeça com o cobertor. Começa a cair uma chuva fina, mas gelada, e me apresso pela rua, passando com tudo pelas fachadas da farmácia e do bar, de onde me gritam, imitando sirenes. Papai tosse como se estivesse morrendo, tenho medo de que Alasca acabe se assustando e resolva morder; mas ela está calma e atenta quando, já na garagem, tiro o cobertor de cima de suas orelhas. Tenho vontade de beijá-la e é o que faço, murmurando o quanto é linda, o quanto é bem-comportada, iremos nos divertir muitíssimo, ela logo voltará a brincar como antes. Coloco papai de frente para o carro enquanto pego as chaves no suporte e abro a porta traseira até alcançar o banco do passageiro, onde costumo estocar os variados itens de que preciso no resgate dos cães: uma cama que já viu dias melhores, porque os cachorros, agitados, muitas vezes fincam as unhas na espuma; brinquedos cheios de baba, caixas de remédios, uma focinheira para os casos mais agressivos. O próprio banco de couro está manchado e repleto de pelos — seria caro demais mandar lavá-lo o tempo todo, então só faço isso de vez em quando. Os tapetes ainda cheiram a mijo, por mais que eu deixe os vidros abertos. É evidente que o Impala Sport não envelheceu muito bem, exatamente como papai.

Entramos em casa, eu disponho a cama de Alasca ao lado da minha e preparo para ela tiras de carne, uma iguaria para qualquer cachorro; quando ela não come, me resigno a lhe dar a ração *premium* que mantenho no armário. Ela também não se agrada, não se aproxima nem para cheirar. Talvez esteja cansada, mas ao menos para de tremer, enroscando-se nas cortinas; para ter preferido o pátio molhado de Tonho e Marieta, deve sentir completa aversão a ficar dentro de casa. Sabe-se lá o que aqueles dois tinham feito com ela, traumatizando-a desta maneira.

Eu a observo de canto de olho o dia inteiro e ao final da noite tenho certeza: não comeu nem bebeu nada. No dia seguinte, não saio para a patrulha, tento conversar com Alasca, fazê-la se interessar por alguma brincadeira, eu a paparico de inúmeras formas, a ponto de atrair até mesmo a atenção de papai; as bochechas dele, cheias de veias estouradas e verrugas escuras, parecem um pouco mais empertigadas do que o usual. Mesmo agora, o olhar de papai me tira toda a confiança, começo a duvidar de mim mesma, de que seja realmente capaz de ajudar um cachorro, e abraço Alasca com mais insistência, empurrando grãozinhos de ração contra sua boca fechada. Não adianta, ela não aceita nem a água que ofereço, embora tenha que estar morrendo de sede, e os olhos de papai, por cima das bochechas orgulhosas, testemunham que a cadela prefere uma garganta seca a tolerar os meus cuidados.

No terceiro dia, eu a levo na clínica veterinária. Nada aparece nos exames, mas o doutor concorda que Alasca está melancólica, magra e desidratada. Alguma causa emocional, ele diz, e me orienta a lhe dar água e comida urgentemente, ou será preciso interná-la. Alasca nos contempla em silêncio:

não late nem arranha, não morde, não esboça reação alguma — olha para mim como se isso fosse suficiente, como se não precisasse explicar mais nada. Depois de dias acordando nas madrugadas com os pulmões congestionados de papai, esse mistério tem sobre mim um impacto poderoso, puxando-me para baixo, para a letargia da qual os cães, justamente, haviam me salvado — é como se agora, após me concederem suas bênçãos, eles as retomassem, testando-me para saber se eu as mereça. Voltamos para casa, e sei que falhei quando Alasca passa direto pelos potes e volta a se esconder atrás da cortina, onde eu mesma costumava me enfiar para que mamãe e Margot me procurassem, desesperadas com aquela ausência repentina — o que Alasca quer é ser encontrada e por um momento esquecer, na euforia da descoberta, aquilo mesmo que a tinha feito procurar um esconderijo.

Quando nos aproximamos dos muros da casa 402, dona Marieta vem até o portão com um sorriso zombeteiro. Está contente, não parece nem um pouco surpresa, e aquela segurança me irrita a ponto de quase levar a cadela de volta; mas antes que eu possa fazer qualquer coisa, Alasca pula dos meus braços e corre pelo quintal, até parar próxima ao tanque de roupas. Marieta me dá as costas e arranca uma banana da fruteira, partindo-a em pedaços pequenos, então estende as mãos — num segundo, Alasca avança sobre os dedos dela, lambendo as unhas, os punhos, engolindo pedaços da casca misturados com os nacos amarelados da fruta.

Hoje em dia, pouca coisa é capaz de me tirar do eixo, mas não vou mentir: aquilo ali acabou comigo.

EM NOME DO PAI

~~como foi na escola estudou para a prova senta direito na volta a gente compra~~ o que você quer ser quando você crescer

Enquanto Cora dirigia, eu olhava o barro vermelho da estrada. Evitava assim ter que ver os dedos dela, curvados ao redor do volante — as unhas bordô por dentro da pele ressequida, os cantos manchados de esmalte e os anéis. Tantos anéis e, logo abaixo, encalhadas nos cotovelos, fileiras de braceletes dourados, com pingentes minúsculos. Não eram somente dourados, eu imaginava, mas folheados a ouro: Cora sempre caprichava nesses detalhes. Todos os meses fazíamos esta mesma viagem pelo sertão barrento, repleto de abutres — eu com o vestido florido e gasto, ela de unhas feitas, perfumada. Insisti em olhar a paisagem, era uma paisagem belíssima, com os contornos distantes das chapadas e os veios quase secos dos rios, ainda que fosse difícil respirar com o pó entupindo as narinas; tive vontade de fechar o vidro, mas não quis ser mal-educada. Era suficiente que Cora me oferecesse carona, não queria passar a impressão de ser exigente.

Aquelas quatro horas de viagem sempre pareciam intermináveis, embora eu soubesse exatamente onde estávamos sem nem precisar olhar o relógio, reconhecendo esta ou aquela curva, os blocos de casas amarelas, bem como as placas tortas, com furos do tamanho de um polegar. Os fazendeiros gostavam de atirar nas placas, havia uma espécie de consenso de que aquilo passava uma imagem durona e, por centenas de quilômetros, tornava-se quase impossível ler as direções ou os limites de velocidade. Era um milagre que ainda soubéssemos o nome daquelas rodovias. Eu devia o pouco que lembrava ao meu filho, Edgar, que mais jovem gostava de listar todas as rodovias estaduais e dizer aonde levavam, quando se mesclavam às interestaduais ou se transformavam em estradas menores, de terra e cascalho. Apanhávamos o ônibus para essa ou aquela cidade, onde havia uma tia ou um primo que ofereciam emprego e, durante o trajeto, ele abria um volume enorme, de páginas fininhas, que tínhamos comprado num sebo: coleções de mapas incompreensíveis e letras miúdas, captadas pelas vistas dele sem dificuldades, enquanto eu enxergava apenas um emaranhado de linhas, um labirinto que percorríamos de cima a baixo sem encontrar a saída.

Cora, é claro, usava um aplicativo GPS, embora nem olhasse na direção do aparelho. Aquela estrada já se impregnara em nós duas, ainda que lidássemos com ela à nossa própria maneira: eu esmagada pela voz doce de Edgar, que nunca acertava a pronúncia de *longitudinal*, enquanto Cora tagarelava sobre os planos para o futuro, quando aquela viagem não fosse mais necessária. Ela marcava o tempo no calendário; na vida dela, os anos se identificavam por uma série de eventos, como aquele em que ela fez uma festa de cinquenta anos, ou aquele das férias em Porto Seguro. Para mim, os anos corriam todos iguais, a verdadeira diferença era apenas uma: havia o tempo de antes, em que Edgar era um garoto, concentrado e gentil, e o depois, no qual ele, da noite para o dia, tinha crescido. Cora não gostava de me ouvir falar assim, comentava o quanto eu precisava *acreditar, ter fé* que tudo acabaria bem, então eu costumava ficar calada ao ouvi-la dizer que dali a x anos iríamos todos à praia, que alugaríamos um chalé bem na frente do mar. Seria bom para *os meninos*, todo aquele ar fresco, sorvetes e tudo o mais. Essa parte, devo admitir, eu gostava de escutar. Era bom imaginar que alguma infância havia sobrevivido em Edgar e em Tiago, o filho de Cora, mesmo depois de meia década na prisão.

Às vezes, as pessoas achavam que os garotos tinham sido presos pela mesma coisa, porque eu e Cora viajávamos juntas, mas não era verdade. Havia entre nós uma hierarquia, que permitia a Cora aparecer sempre arrumada, com as unhas vermelhas, e ter tantas esperanças, ao passo que a mim só restava enfiar a cara no vento e encher as bochechas de barro, os olhos espremidos contra o sol. Uma vez, eu resolvi ir à manicure, e cheguei a contemplar o esmalte perolado por alguns minutos antes de esfregar tudo com acetona, até a ponta dos dedos ficarem assadas. Me arrependi de ter gastado tanto dinheiro com aquilo, como se não soubesse o preço das coisas; meu único consolo foi ao menos ter evitado que Cora descobrisse — não queria que ela pensasse que eu estava com inveja dela, tentando copiá-la, ou algo do tipo. Ela poderia deduzir que eu também tinha inveja de seu filho, por ser apenas um arrombador de carros, um crime que as pessoas costumavam reprovar balançando a cabeça e logo voltando a falar do clima, porque não ficavam realmente decepcionadas. Era quase esperado que um garoto de Vila Redonda fosse roubar as famílias do Trabuco ou de Penedeira, então havia algum conforto no fato de Tiago ter feito exatamente aquilo, provando que todos estavam certos, no fim das contas. Por isso, quando presumiam que Edgar fora preso pelo mesmo motivo, eu nunca corrigia, mesmo passando a vergonha de me transformar numa mentirosa.

Cora e eu tínhamos nos conhecido na igreja. Eu havia me inscrito numa lista de trabalho voluntário, e não notei que tinha marcado a opção errada até me ver numa sala repleta de máquinas de costura. Fiquei constrangida em dizer que não sabia costurar, não queria passar por grã-fina, como aquelas mulheres que nunca pegaram numa agulha na vida — mesmo se tudo que eu tivesse costurado até então fossem velhos sacos de arroz, para estocar mantimentos. Tinha o maior cuidado para não deixar as minhas camisas e as de Edgar rasgarem antes da hora, e as patroas sempre doavam muitas roupas que iriam para o lixo, mas estavam *em ótimo estado* e elas ficavam satisfeitas quando eu dizia que aproveitaria quase tudo. Sentei na frente da máquina e passei por todo tipo de indignidades ao tentar colocá-la para funcionar; Cora, ao meu lado, teve pena e se levantou para me mostrar como encaixar a agulha e passar a linha, depois endireitar o tecido. Devíamos remendar cobertores para doar aos abrigos e, por meses, não consegui deixar de me torturar com a imagem de meus pontos malfeitos, rudes, arranhando a pele de papel dos velhinhos. Tive certeza de que Cora, assim como o resto da congregação, me julgava uma idiota, mas alguns dias depois ela me chamou para tomar café na casa dela e contou que havia escutado sobre Edgar. Repetiu que eu precisava *ter fé* e fiquei parada com a xícara na mão, tentando com todas as forças acreditar mesmo naquilo.

Eu nunca sabia o que dizer a Cora, o que funcionava bem entre nós, porque ela era uma mulher que adorava falar e não se importava realmente se você estava escutando ou não. Tinha uma natureza generosa, por maiores que fossem as minhas desatenções. Eu ficava acanhada na frente dela, e não só porque seu filho era um arrombador de carros, liberado para passar com ela a Páscoa e o Natal; Cora revendia produtos finos, bijuterias de luxo e perfumes com nomes exóticos, e sempre conversava com segurança — tinha um jeito firme de colocar a mão no seu ombro e proclamar alguma coisa inteligente, para a qual eu nunca tinha resposta. A verdade é que Cora poderia ter saído há muito tempo de Vila Redonda, não fossem os vícios de Tiago, na época em que estava solto, e, agora, os gastos com advogado. Para mim, os advogados eram irrelevantes, jamais me interessei em conhecer o defensor que recebeu o caso de Edgar — sentia a humilhação queimando o estômago só de imaginar o que o doutor pensaria se eu fosse ao fórum perguntar qualquer coisa, sabendo o que Edgar *tinha feito*. Em minhas fantasias, o doutor, alto, num terno cinza, me encarava e dizia, rispidamente: *o que há para perguntar, minha senhora?* Por isso, sempre que Cora matraqueava sobre essa ou aquela petição, eu mantinha a expressão neutra, e assentia nos momentos esperados, evitando revelar minhas opiniões.

Na metade do caminho, Cora declarou que precisava fazer xixi, pedindo para eu ficar atenta a algum posto de gasolina. O sol queimava nossos braços através das janelas e, ao redor, se estendiam montes infinitos de terra e árvores de troncos chupados, enegrecidos; algum incêndio, intencional ou não, fizera recuar a linha distante dos pastos. Eu havia crescido num lugar não muito diferente daquele, uma vila insignificante com uma única escola primária, da qual me tornei professora assim que terminei os estudos, assumindo a turma das crianças vizinhas quando a antiga professora decidiu se aposentar. Não havia um currículo predeterminado, e eu ensinava principalmente Português e Geografia, matérias em que me saía bem, e tropeçava nos módulos de Matemática e História, com os quais sempre tive dificuldades. Após alguns anos, o estado mandou uma professora de verdade, com formação e tudo, e acabei indo trabalhar na casa de uma família conhecida de meus pais, na cidade grande. Quando cansava de morar num lugar, procurava emprego em outra cidade. Desse modo, conheci o estado todo, as rodovias *transversais* e *longitudinais* que formavam um xadrez na superfície dos mapas, e podia jurar que já deveríamos ter cruzado ao menos um posto, mas quase uma hora depois ainda estávamos cercadas apenas da aridez silenciosa do sertão.

Sugeri pararmos num ponto qualquer, a estrada estava completamente deserta; Cora resistiu, mas enfim atravessou o acostamento e invadiu o chão empoeirado, coberto de grama cinzenta. Olhou para mim como se esperasse orientações, o que era uma novidade; eu lhe disse que abríssemos as portas do carro, de forma a nos proteger da visão de quem passasse, então agachamos, arriamos as calcinhas e urinamos sobre as plantinhas mortas, as pernas bem abertas para evitar que molhássemos os pés. Cora riu, o chiado das bexigas se esvaziando e aplacando a sede da grama e, quando ela se levantou, pude ver sua bunda mole, com buracos fundos de celulite, logo abaixo da saia plissada, embolada na cintura. Não tínhamos papel higiênico, pulamos um pouco e sacudimos os joelhos; enquanto erguíamos o corpo, ajeitando a roupa, pudemos ouvir as buzinas distantes dos carros, a toda velocidade na pista oposta, sentido cidade.

Voltamos para dentro e Cora alongou as costas antes de ligar o motor. Depois de algumas tentativas, o Uno retomou a estrada, sacolejando um pouco, algumas luzes acesas no painel. Eu tinha andado de carro poucas vezes na vida, as coisas materiais nunca me pareceram muito importantes até que comecei a perder pessoas, inclusive Edgar, de certa maneira; naquele momento, o conforto do Uno, com seus bancos macios, e o calor que entrava com o vento me relaxaram tanto que quase dormi ali mesmo, com a cabeça apoiada no encosto. Pensei: Cora é quem sabe viver. Ela agora cantava, acompanhando a rádio, e ninguém que a visse poderia imaginar que estava a caminho da penitenciária, onde seu único filho cumpria uma sentença de nove anos, agravada por Tiago fazer parte de uma quadrilha, e ele nem reclamou porque tinha tantas dívidas de jogo que provavelmente se sentia mais seguro na cadeia do que em Vila Redonda. Só que se eu aprendi alguma coisa nos filmes é que dentro de uma prisão a jogatina continua rolando, talvez até mais do que do lado de fora. Cora nunca confessou, mas tenho certeza de que ela dava um jeito de passar a Tiago dinheiro, cigarros, o que conseguisse. Eu não queria dizer alguma coisa errada, então ficava em silêncio, mesmo ao surpreendê-la enxugando as lágrimas do canto dos olhos.

É difícil escapar às críticas quando se tem um filho na prisão. Presumivelmente, você já fez um péssimo trabalho criando um bandido, portanto ninguém está muito interessado no que você tem a dizer sobre o assunto. Quando muito, as pessoas querem saber o que você fez de errado, se foi ausente, ou permissiva demais, se o garoto já manifestava *essas tendências* desde criança, ou se o pai dele também estava na cadeia. Na igreja, eu era incentivada a levar comigo a palavra de Cristo, e todos pareciam muito dispostos a perdoar o meu filho se ele se arrependesse, mais talvez do que a mim. Era comum me darem uma série de sugestões, ou recordarem a última vez em que tinham visto Edgar, e o que ele disse naqueles encontros, descrevendo com detalhes como parecia alheio, nervoso, suspeito, tudo para, em suma, demonstrar o quão perturbador era ter convivido de perto com um criminoso. Assim, toda vez que eu conhecia uma mãe como eu, sabia que o melhor a fazer era ficar de boca fechada.

Eu queria dizer a todas essas pessoas que me abordavam que eu me sentia tão perdida quanto elas. Não tinha a mínima ideia de como Edgar poderia ter feito o que fez; eu evitava, na máxima medida possível, nomear aquilo, dar voz à palavra: estupro. Ele e Mônica namoravam há muito tempo, anos, tinham se conhecido no carnaval, bem o tipo de festa que eu pedia a Edgar para não frequentar. Às vezes, um grupo da igreja ia até o circuito para promover orações e eu morria de medo que dessem de cara com ele, a regata suada, o nariz dentro de uma cerveja. Quando Edgar era criança, o pai dele costumava enfiar o bico da mamadeira no copo de cerveja e colocá-la de volta na boca do menino — aquele era um vício cuja origem, ao menos, eu podia traçar. Mônica também bebia demais, e da vez em que a arrastei para o culto, ela roeu as unhas o tempo inteiro e nunca mais apareceu. Para falar a verdade, eu não gostava muito dela, me parecia uma má influência. Em Edgar, eu notava alguns indícios de que já não era aquele garoto com mapas abertos sobre os joelhos, tentando aprender os segredos das rotas: tinha gosto pelos prazeres mundanos, festas e cervejas, e, ainda que me acompanhasse à igreja aos domingos, não se inspirava muito com os evangelhos.

    O que mais inspirava o meu filho, por incrível que pareça, era a morte do pai: quando Edgar tinha por volta de dez anos, ambos foram atropelados ao sair de uma loja de ferramentas, por uma carreta que perdeu o freio na curva. Eu não havia presenciado o acidente, mas podia visualizar a cena como se tivesse acontecido diante dos meus próprios olhos — Edgar passou os quinze anos seguintes recontando os detalhes daquele dia. A parte preferida dele era mostrar às pessoas as fotos e os laudos médicos do período no hospital: nos primeiros meses, coberto de ataduras e gessos, com uma perna suspensa, e montes de tubos ligados às veias; e, então, aos poucos, emergindo dessas indumentárias, libertando os pés roxos, o quadril, os braços repletos de cortes ainda não cicatrizados, para enfim restar somente o colar cervical, que ele acabou usando por muito mais tempo do que os médicos recomendaram. Meu marido tinha morrido de imediato porque usou o próprio corpo para proteger Edgar, o que o meu filho sempre enfatizava ao narrar o caso, para depois reforçar que cresceu sem pai, que teve desde muito cedo que traçar seu próprio caminho no mundo.

Nesse momento, a plateia, quase sempre formada por mulheres jovens ou grupos da igreja, e ocasionalmente por estranhos no supermercado, olhava para mim como se me perguntasse onde diabos eu tinha me metido para não estar presente numa hora daquelas, por que não fora eu a colocar o corpo em defesa do meu filho. Eu não tinha uma boa resposta, a faxina usual das terças-feiras na casa da dona Isabel não parecia uma razão forte o suficiente, e eu me sentia tão mal que as pessoas amoleciam um pouco e chegavam a dar tapinhas nas minhas costas, murmurando que a coisa toda fora uma terrível fatalidade. Mas eu tinha certeza de que me achavam uma desnaturada, que eu piorava tudo ao poder dizer a elas qual o maior sonho de Edgar (ganhar na loteria), ou até mesmo seu medo mais intenso (cair do alto de um prédio), mas não ter a mínima ideia de por que ele havia feito o que havia feito com Mônica.

Lá pelas tantas, já próximas da penitenciária, fizemos a tradicional pausa para o café. Cora me mandou segurar uma mesa, embora o local estivesse literalmente às moscas, e então perguntou o que eu queria — para não correr o risco de escolher algo mais caro, disse que tomaria a mesma coisa que ela. Ela voltou trazendo dois cafés coados com biscoitinhos apoiados no pires, além de duas broas que as moscas julgaram interessantíssimas, já que formaram uma nuvem acima das nossas mãos, tentando pescar os farelos. Eu podia notar pela forma que Cora empertigava as costas, pela maneira como avolumava os cachos com a ponta dos dedos, que ela não queria que pensassem que éramos mães de porta de cadeia — aquelas senhoras murchas, com o sofrimento estampado nos ossos, que sempre encontrávamos nas filas do dia de visitação. Essas mulheres parecem ter desistido da vida, Cora comentava, estremecendo, quando fazíamos o caminho de volta. Mordi a broa: estava seca, quebradiça. Cora triturava aquilo com feroz determinação, ao mesmo tempo em que usava os guardanapos descartáveis para limpar as canelas, manchadas de barro e, talvez, um pouco de urina. A dona do local veio às pressas, estendendo um rolo de papel higiênico — os guardanapos eram muito caros para serem usados daquela maneira.

Levantamos, passamos novamente no banheiro, caso as filas estivessem grandes nos portões de entrada e fôssemos obrigadas a aguardar por algumas horas. Cora estava otimista, mesmo com o café, fizemos o percurso em boa velocidade e chegaríamos cedo, mais cedo do que muitas outras mães, que pegavam o ônibus. Esta última parte da viagem era a mais agradável: os topos das colinas repletos de moinhos modernos, girando como cata-ventos e emitindo os assobios fortes das hélices. Começavam ali as plantações de soja, com suas linhas verdes e brilhantes sumindo no horizonte, ao lado de rios que resistiam melhor ao domínio das secas. Naquele trecho, de olhos fechados enquanto a música entoava baixinho do rádio, eu começava a me sentir quase bem, quase contente: o café aquecendo a barriga e o falatório suave de Cora me faziam esquecer por um momento onde eu estava, o espaço se dissolvendo ao redor; mas aquela sensação nunca durava muito tempo, porque logo eu abria os olhos, as plantações cediam mais uma vez ao descampado terroso e era possível distinguir, contra o céu enevoado, as paredes inconfundíveis do Complexo Penitenciário Arnoldo Lima Mascarenhas.

Cora sempre se referia ao lugar como o Caveirão, que era o apelido dado pelos detentos, mas aquilo me parecia íntimo demais, como se estivéssemos nos apropriando de uma familiaridade que não nos pertencia, então eu preferia dizer o Complexo. Chegamos, pois, ao Complexo às dez e meia. A primeira impressão da cadeia é como um *déjà-vu*: as paredes são formidáveis, sujas e parecem dizer *você não gostaria de ter que passar uma noite aqui dentro*. Tal qual nos filmes, há uma cerca elétrica em cima dos muros e guaritas de cimento com homens mal-encarados. Em todos os aspectos, é exatamente como se imagina, então, apesar de horrível, não há surpresas. Os guardas podiam ser bons — aqueles que mantinham as armas na cintura e nos cumprimentavam — ou maus, quando praticamente apontavam um fuzil para a nossa cara e gritavam até mesmo as ordens mais simples, do tipo *passa logo* ou *entrem, merda*. Mas mesmo os bons eram vistos com rancor pelas mulheres, as mães, esposas e amantes de homens injustamente encarcerados, dentre os quais Tiago, que para Cora já pagara pelo seu erro com todos os juros e somente permanecia preso pela morosidade do sistema — era o que dizia o advogado. Isto aqui é um depósito, ela não cansava de repetir. Um *curral humano*.

Toda vez que eu chegava ao Complexo, eu me lembrava de que também poderia ter acabado aqui. Aquilo quase me fazia vomitar, toda vez — aquilo ou os nervos. Uns anos atrás, quando eu trabalhava para a dona Larissa, peguei escondido um vestido dela, para usar no dia em que eu e meu marido assinamos os papéis no cartório; fiquei tão nervosa, com medo de me descobrirem, que acabei pedindo a ele para pularmos o almoço de casamento, e voltamos direto para casa, mortos de fome. O vestido era de um tecido delicado e transparente; eu não sabia nem o nome, mas parecia importado — chegava a fazer carinho na pele. Eu sabia que não devia ter feito uma coisa daquelas e voltei na semana seguinte disposta a confessar tudo, com o rabo entre as pernas, mas a dona Larissa tinha tantos vestidos que nem deu pela falta daquele; quando o devolvi ao armário foi como se nada tivesse acontecido. Depois disso, nunca mais eu tinha roubado uma fruta que fosse, mas era só chegar no presídio que as minhas pernas começavam a tremer, como se a qualquer momento fossem me prender em flagrante. Nunca confessei isso a Cora, tenho certeza de que ela iria me achar uma maluca, e não era como se eu não a envergonhasse o suficiente. Com a saia plissada e as unhas feitas, Cora parecia deslocada ali, qualquer um pensaria que estava indo fazer compras numa daquelas lojas em que a vendedora vem perguntar a você se precisa de alguma coisa. Eu podia jurar que um dos guardas flertava com ela.

Depois de Cora estacionar, chegava a hora em que eu dizia a ela que iria fumar um cigarro, que ela podia seguir na frente; as filas ficavam tão cheias que era fácil nos perdermos de vista. Dos fundos do terreno, o mais longe possível, eu contemplava o vulto de Cora diminuindo até ser engolido pelo Complexo, e então eu soltava um suspiro enorme com todo o ar que nem percebia que tinha prendido. Eu matava tempo rodeando bem lentamente todo o perímetro, mas eram umas duas horas cruéis, com o sol a pino e nenhuma árvore à vista, por mais mirrada que fosse; às vezes me aproximava de um ou outro grupo, mas sempre escutava o mesmo papo furado: condicionais negadas, audiências. As mães conversavam entre si e pareciam concordar que seus filhos tinham se comportado como *moleques*, mas que, no fundo, eram *bons garotos*. Ouvindo aquelas pessoas, seria de se imaginar que ninguém preso ali era culpado, o que eu duvidava muito, mas só de ver algumas mães descrevendo o processo de revista — como tinham de tirar a roupa e agachar, três vezes de frente, três vezes de costas —, eu me convencia de que mesmo criminosos não mereciam um lugar daqueles.

Não era como se eu não tentasse entrar no Complexo; só que todas as vezes, quando me aproximava dos portões, eu acabava dando uma desculpa qualquer para sair dali. Uma vez consegui chegar ao saguão antes de fingir uma dor de barriga lancinante, e tropecei até o banheiro enquanto os guardas soltavam risinhos; fiquei lá quase uma hora lavando o rosto, com falta de ar. Eu só conseguia pensar: é agora é agora é agora é agora, e tinha a impressão de que iria morrer ali mesmo, que Cora encontraria o meu corpo esparramado nos azulejos imundos e seria mais uma vergonha que eu causaria a ela, o que logicamente me deixava ainda mais ansiosa. Sabe Deus como me recompus e saí com as minhas próprias pernas daquele lugar. Eu me sentia numa corda bamba, constrangida por estar ali, e mais ainda por permanecer do lado de fora, dando voltas sem sentido e suando, até Cora aparecer e se desculpar por ter demorado tanto. Ela me perguntava como tinha sido a visita, como iam as coisas com Edgar, e eu respondia, balançando a cabeça: como sempre. Então eu chorava, o que acabava dando um toque extra à história toda, e Cora me abraçava, chorando junto, sem que uma tentasse consolar a outra.

Voltamos ao estacionamento; enquanto Cora tentava recuperar o sinal do GPS, eu observava as janelinhas minúsculas do presídio, buscando um vislumbre do interior das celas. Vaguei mais de duas horas pelos arredores sem nunca levantar o rosto, mas agora lá estava, apertando os olhos para enxergar através do sebo nos vidros e das roupas secando por entre as grades. Eu não gostava nem de imaginar o que Edgar passava lá dentro, como deveria se sentir sozinho, desamparado; se bem que, para ser honesta, o que eu mais queria saber era se ele tinha se arrependido. Só que, mesmo se eu conseguisse entrar, mesmo que tirasse a roupa e agachasse seis vezes para provar que não tinha enfiado nada nos orifícios, mesmo se me visse cara a cara com o meu filho e fizesse a ele aquela pergunta, tenho certeza de que ele diria apenas *ah, mãe, vai se foder*. Ou ainda: *você sabe que eu nunca faria algo assim*. Eu teria acreditado nele, mas eu estava em casa quando os dois chegaram, bêbados, fechando-se no quarto no meio de uma briga, e também quando Mônica abriu a porta algumas horas depois e vi de perto os olhos dela. Foi como voltar àquele beco, décadas antes, quando eu ainda era uma jovenzinha, e me senti apavorada: os olhos de Mônica tinham se tornado um espelho dos meus. Edgar repetiu o julgamento inteiro que tudo tinha sido um mal-entendido, mas vamos encarar os fatos: ele havia bebido tanto que não se lembraria nem de ter explodido um canhão naquela noite. Não deve ser tão difícil se convencer de que você jamais faria algo assim, jamais, mesmo que, bem, você tenha feito exatamente aquilo.

Pronta?, Cora me perguntou. Era só eu me lembrar do beco que a minha garganta começava a fechar e meu coração parecia ter acabado de correr uma maratona. Eu não podia dizer nada a Cora, porque ela seria excessivamente gentil, o que só pioraria as coisas, então pedi que puxasse uma oração. Ela concordou, feliz, era importante manter o ânimo, e iniciou uma sequência de pai-nossos, sempre uma boa escolha por conta da parte que fala sobre o perdão das nossas ofensas. Continuamos muito depois que eu já tinha me acalmado, as palavras escorrendo dos nossos lábios como se desfiássemos um novelo enquanto, do lado de fora, o sertão oprimia as janelas do carro. Quando Cora fez uma pausa e perguntou se devíamos emendar uns salmos, eu disse que sim. A gratidão, pensei, era trabalho duro.

AREIA

~~avise quando chegar não levante a voz comigo não foi isso que te ensinei tenha modos~~ você não para quieta

Chamei a menina para almoçar e ela não veio. Olhei rápido para o mar e a vi obediente sentada bem na beirinha, ali onde as ondas lhe enchiam o biquíni de areia, e pensei *só mais um instante*, o peixe esperaria só mais um instante, mas ainda assim a chamei outra vez, o vento carregou minha voz com os risos que me sobravam nos dentes, e ela estava distraída, o baldinho laranja cheio até a metade, e terminar a conversa com o homem levaria só um instante, não seria nem o tempo de o peixe esfriar, porque era tão bom existir nos olhos daquele homem, um que ainda era moço e forte, os primeiros fios grisalhos apenas despontando do peito, e eu tão amassada, as olheiras fundas de carregar a menina, me doíam as costas, os seios pendurados sem grande certeza, um muito maior do que o outro, como é que o homem não enxergava? Ele me olhava e sorria, eu sorria também quando chamei a menina, e tentei chamá-la com aquela impaciência de sempre, mas estava contente que não viesse, a pressa que eu não tinha me escapou pela boca e a menina não veio, continuou a encher o balde laranja e a transformá-lo num frágil castelo, daqueles que eu não tinha ânimo para construir, pois qual seria o propósito de levantar algo fadado a desmoronar, a ser levado pelas águas para a mesma areia inerte ao redor, de que serviria senão para lembrar que todo esforço neste mundo era inútil, era inútil pedir a qualquer coisa que permanecesse, mas era cedo demais para falar à menina desses fracassos, por isso eu seguia prostrada sob o sombreiro e, ali nas ondas, ela aprendia sozinha a lição que eu não quis ensinar. O homem olhou para ela e comentou que se parecia comigo, e eu concordei, embora não fosse verdade, a menina tinha a pele dourada do pai, tinha dele o mesmo jeito insistente e ousado, e, como ele, não tinha medo de nada, nem de encarar o oceano aos seis anos de idade, enquanto a mãe se acovardava sob o sombreiro e sorria para um homem que não era o seu pai. O pai agora existia somente no barbeador abandonado na última gaveta, nos últimos ternos abafados dentro das capas, enquanto aquele homem estava presente, tinha cheiro, tinha cor e fios que desciam volumosamente pela barriga, e me disse que seu nome era Armando enquanto me olhava ridícula dentro do maiô vermelho, com peitos frouxos cheios de estrias, e continuava sorrindo. Eu abri a boca para insistir com a menina, para gritar com o garçom, para dizer que meu nome era Daniela, mas ele podia me chamar de Dani, e o peixe aguardava cercado de cebolas, fumegando entre as folhas de bananeira, ainda aguentaria muito, a menina tampouco comia quando estava quente demais, soprava o garfinho até esticar a ponta da língua, o peixe precisava esfriar um pouco e eu ganhava aquele instante, o instante em que me voltei para o homem e devolvi o sorriso, quando estendi a mão ele avançou até me envolver num abraço, e eu não era tocada há muito tempo, há anos que o pai da menina chegava tarde da noite, até o dia em que simplesmente se esqueceu de voltar, mas quando voltava sempre me lembrava de que eu já não era uma jovenzinha, de que já não tinha aquelas coxas, as que eu usava para dançar nos bailes de nossa adolescência e que o tinham fisgado de vez, ele contou a história no dia do nosso casamento, mas *agora já não é a mesma coisa*, ele balançou a cabeça porque lastimava muitíssimo, jurava que mais até do que eu, enquanto o homem à minha frente me envolvia com sua carne morna e dizia *muito prazer* como se estivesse realmente dizendo a verdade. Num instante, ele iria embora, e então eu iria buscar a menina, pegá-la pelas axilas e arremessá-la contra o quadril enquanto ela choraria e me humilharia diante de toda a praia, e talvez eu lhe dissesse para calar a boca, ou talvez lhe acariciasse os cabelos e cantasse sua canção favorita, porque o olhar do homem se demoraria dentro de mim, e sentaríamos para comer o peixe ainda quente, mas não quente demais, e voltaríamos para a casa que nós duas odiávamos desde que o pai dela se fora, e tentaríamos não nos matar até o próximo domingo, quando voltaríamos àquela mesma praia e eu procuraria o homem por entre os sombreiros, enquanto os castelos dela desabariam sob as ondas sem que nem eu, nem ninguém fizesse alguma coisa. Mas o homem a vira também, brincando alegre e solitária na beira das ondas, eu confirmei que era minha filha e mesmo assim ele ficou, parou a meu lado e respondeu que tinha filhos também, dois meninos crescidos que já não iam à praia com o pai, mas falou deles com afeto, até com um pouco de saudade, aquela saudade que eu ainda não conhecia, mas intuía sempre que deixava a menina na escola, o corpo dela se desprendendo do meu com esforço, porque naquelas manhãs eu podia sentir que algo entre nós se rasgava, e meu corpo se tornava mais livre e um pouco menor, eu não precisei explicar para perceber que ele entendia. Por um instante ele permaneceu, falou que eu era muito bonita, que me viu assim que eu desci do carro, bem quando o vestido se enrolou nos meus tornozelos e a menina se recusou a passar protetor, e eu senti os olhos do mundo inteiro quando lhe gritei *ou você passa essa merda ou voltamos agora mesmo para casa*, e aquilo junto com a promessa de sorvetes foi suficiente para convencê-la, mas, mesmo assim, veio emburrada até o sombreiro, onde a deixei com os baldes e me deitei exausta e sedenta de sol, e fiz tudo isso bela aos olhos daquele homem, dentro do maiô apertado demais e da canga fora de moda, que agora já não me pareciam tão terríveis assim, mas até um pouco charmosos. Ele pediu o meu telefone e aquela conversa durou um instante, ele precisava pegar a estrada, estava ali somente a passeio, mas repetiu que voltaria se fosse para me ver, uma mulher bonita como eu pedia aqueles sacrifícios e mais, porque ele morava longe, mas viria mesmo assim, e naquele instante eu me julguei digna de algumas horas de estrada, de um restaurante sem as cadeiras de plástico de que o pai da menina gostava, e senti um carinho enorme por tudo, porque, mesmo depois que o homem partisse, aquele instante ficaria comigo, para sempre dentro da minha cabeça, e ele me via e eu era alguém, como já tinha sido antes e seria depois, só que fora ficando por aqueles outros caminhos que não eram os meus, e já era tempo de estar novamente comigo. Espiei enquanto o homem sumia pela calçada, o meu telefone bem apertado entre os dedos, eu o tinha escrito num guardanapo, mas para falar a verdade nem me importava muito se ele ia ligar ou não, e se ligasse eu colocaria meu melhor vestido e o batom carmim, e a menina me imitaria roubando os meus sapatos e soltando beijos com as duas mãos, e eu fingiria não ver para deixá-la brincar um pouco mais, mas agora já era hora do almoço, toquei o peixe e a crosta dura estava na temperatura ideal, por isso chamei a menina com pressa verdadeira nos lábios, e olhando para o mar constatei que as ondas tinham levado apenas um instante para destruir o castelo, e eu desviara a vista só um instante, mas a menina não estava lá, então chamei novamente, porque ela gostava de correr e não tinha medo de nada, e eu estou chamando há doze anos, mas ela não vem.

AGRADECIMENTOS

Este livro nasceu graças ao incentivo e apoio de muitas pessoas, às quais gostaria de deixar meus agradecimentos.

A meus pais, Carlos e Maria Aparecida, que desde muito cedo me apresentaram ao mundo dos livros, e à minha irmã Carla, companheira de leituras de infância, pelo amor e apoio incondicionais ao longo dos anos.

A meu marido, Bruno, pelo amor de todos os dias e pelas mais mirabolantes e divertidas ideias literárias.

A Luiz Antonio de Assis Brasil, mestre que orientou grande parte da escrita deste livro, pelo carinho e pelas sábias lições em sua Oficina de Criação Literária, bem como pelo entusiasmo de sua devoção contagiante pela literatura.

A Anita Deak, pela leitura atenta e profunda na análise crítica deste livro, por ter me ensinado a cultivar um olhar sensível na escrita e por ter sido assertiva quando mais importava.

A Marcelino Freire, pela generosidade no acolhimento do meu projeto e pelas belas inspirações compartilhadas na Toca, onde tantas ideias para este livro frutificaram.

A Cíntia Moscovich, que iniciou minha formação na escrita, pela recepção amorosa e pelas trocas abundantes que tanto me ajudaram a encontrar uma voz.

Aos professores e coordenadores do Curso Livre de Formação de Escritores da Casa das Rosas de São Paulo, que impulsionaram o meu sonho da escrita profissional e me concederam um espaço para debates e aprendizados.

À equipe do Prêmio SESC de Literatura e da Editora Record, por confiarem neste livro e lançá-lo ao mundo, e pelo trabalho incansável à promoção da literatura nacional.

À amiga e escritora Luara Batalha, cujo constante incentivo sempre me devolveu à literatura, pelos anos de amizade inabalável e por ter desde o início acreditado em mim e neste livro.

Aos amigos da Oficina de Criação Literária da PUC/RS, pelas contribuições inestimáveis aos contos deste livro, e por compartilharem comigo seu amor e sua fé na literatura.

Este livro foi composto na tipografia
Minion Pro, em corpo 11,5/16,3, e impresso em
papel off-white no Sistema Digital Instant Duplex da
Divisão Gráfica da Distribuidora Record.